# 子規庵・千客万来

復本一郎

コールサック社

# 子規庵・千客万来

復本一郎

# はじめに

明治時代の文豪正岡子規の魅力を、どのようなかたちで読者の方々にお伝えするのか、いろいろな方法が考えられよう。明治三十五年（一九〇二）、数え年三十六歳（満三十四歳）で生涯を終えた子規の一生は、短いが、すこぶる密度の濃いものであった。その間の人間としての魅力、俳人としての魅力、歌人としての魅力、文章家としての魅力、漢詩人としての魅力、新体詩人としての魅力――そんな多面的な魅力の持ち主である子規へのアプローチである。

明治二十九年（一八九六）以降、結核性のカリエスのために「病牀六尺」の臥褥生活を余儀なくされた子規の、その活躍の場は、下谷区上根岸町八十二番地の、いわゆる子規庵であった。子規庵には、西隣に住んでいた子規の恩人、日本新聞社社長でジャーナリストの陸羯南《くがかつなん》をはじめとして、俳人の内藤鳴雪《ないとうめいせつ》、河東碧梧桐《かわひがしへきごとう》、高浜虚子《たかはまきょし》、あるいは石井露月《いしいろげつ》、佐藤紅緑《さとうこうろく》、寒川鼠骨《さんがわそこつ》、歌人の香取秀真《かとりほつま》、岡麓《おかふもと》、赤木格堂《あかぎかくどう》、伊藤左千夫《いとうさちお》、長塚節《ながつかたかし》、そして画家の浅井忠《あさいちゅう》、中村不折《なかむらふせつ》等、実に多くの友人たちが集まった。夏目漱石、森鷗外が訪れたのも、この子規庵である。

そんな子規庵での子規と訪問者たちとの交流を視座に、子規の魅力を伝えてみようとしたのが本書である。右の人々に限らず、多士済済、多くの人が子規庵に集まり、子規との対話を楽しんだ。もちろん、人々の訪問を一番楽しみにしていたのは、ほかならぬ子規自身であった。

病臥当初は、人力車での外出が可能であったが、やがてそれもかなわなくなり、ひたすら人々の訪問を待ち、いろいろな話を聞くのが何よりの楽しみであったのである。

一国文学研究者としての私は、従来知られていなかった子規のエピソードを読者の皆さんにお伝えすべく、新しい資料、あるいは見落とされていた資料の発掘に努めた。本書の多くは、従来の子規関係の諸著作では触れられていないエピソードである。それゆえ、本書を通して、新しい子規の魅力に接していただけるのではないかと思っている。

子規研究者の私は、そのことが何よりもうれしい。もし、知られざる子規の魅力を伝え得ているならば、子規もよろこんでくれるのではなかろうか。

ショート・ショート的傾向の強い諸篇、どこからお読みいただいても、子規の新しい魅力に触れていただけることと思う。気ままにお楽しみいただけるならば、著者冥利に尽きるものである。

# 目次

# 巻頭随筆——埋もれていた子規の新出三句

# 巻頭随筆
## ——埋もれていた子規の新出三句

復本一郎

私の愛読雑誌（少々妙な言い方ではあるが）に明治三十五年（一九〇二）十二月二十七日発行の「ホトトギス」第六巻第四号がある。「子規追悼集」と銘打たれている。いつ頃手に入れたか定かでないが、私の子規研究は、この一冊とともにはじまったと言ってもよい。私を子規に夢中にさせたのは、この雑誌の中の佐藤紅緑の「子規翁」と題する追悼文。この一文を通して人間子規の魅力に強く惹かれたのだった。この一篇に限らず、この雑誌、今でも、折に触れては繙読している。

その中に村上霽月《むらかみせいげつ》の「子規君に関する記憶」の一篇がある。霽月は、子規と同郷伊予松山生まれ。明治二年（一八六九）に生まれ、昭和二十一年（一九四六）に没している。享年、数え年七十八。第一高等中学校中退。

「子規君に関する記憶」は、

子規君には東京に居つた間は同郷の先輩として交際をして居つたが、余り親密ではなかつた。

と書きはじめられている。親しく交流がはじまったのは、明治二十八年（一八九五）、子規が大患後帰郷、松山二番町の「漱石君の寓居」（愚陀仏庵）に滞在中からのようである。が、「日本新聞」の記者として日清戦争に従軍した、その前にまとめられたのではないかと思われる子規の交友録的俳句稿『なじみ集』には、二百四十六句の霽月句が採録されている（内藤鳴雪《ないとうめいせつ》、五百木飄亭《いおきひょうてい》、高浜虚子《たかはまきょし》、河東碧梧桐《かわひがしへきごとう》に次いで多い収録数である）。明治二十八年（一八九五）十月七日、子規は、霽月の招きに応じて、霽月居を訪れている（子規『散策集』）。子規は、「霽月書を以て頻《しき》りにわれを招く」と記しているが、伊予郡垣生村の霽月は「滞在中に突然僕の宅へ来られたことがある」と記している。両者の間でニュアンスを異にするが、よくあることであろう。

その時のことを霽月は、

> 午飯の後、写生かた〴〵浜辺を散歩しやうといはるゝので、一緒に浜辺を五本松から唐樋まで廻つて帰つた。此時君が書き示された句が猶篋底に在して在つたから其句を皆こゝに挙げて見やう。

と綴っている。そして、子規句十六句が列挙されている。その十六句は、記憶にある句もあったので、恐らく『散策集』所収句であろうと、気にも止めなかった。が、先日、ふと気になって、一句一句を『散策集』『寒山落木』『子規俳句索引』『季語別子規俳句集』等によって検索、点検してみた。ところが、従来、子規句として知られていない句が三句も入っていたのである。

資料は、手抜きをして読んではいけないなと、つくづく反省したことであった。

その三句とは

(1) 稲の香の嵐になりし夕かな

(2) 秋は山は昼は白壁夜は灯

(3) 鶏頭に狗の子の寝る日向かな

の三句である。それに、従来知られていた句ではあったが、左のごとき前書は知られていなかった一句。これも貴重。

霽月軒

夜寒さや人静りて海の音

とにかく明治二十八年（一八九五）の帰郷中の子規句が三句も眠っていたということなのである。

(1)の句の「嵐になりし」をどのように解したらよいか。稲の噎せ返るような香をこのように表現したもので、嵐がやってくるということではあるまい。この表現を可とするか、不可とするか。(2)の句は、上五文「秋は山は」で「切る」のであろう。「山は秋」との意の強調表現とみたい。が、全体、素材過多、やや散漫の感を否めない。(3)の句は、佳句。鶏頭下、日の光りを浴びて犬の仔がすやすやと眠っているのである。「鶏頭」に「狗の子」との「配合」（取り合わせ）は悪くない。

# I 「写生論」誕生の秘話

# 一・俳句革新の第一声

正岡子規の俳句革新の第一声は、明治二十五年（一八九二）六月二十六日から、同年十月二十日まで、三十八回にわたって「日本新聞」(1)に連載した俳論「獺祭書屋俳話《だっさいしょおくはいわ》」である。この時、子規は、数え年二十六歳。

子規の俳句革新は、当時、明治俳壇に跋扈《ばっこ》していた旧派宗匠を中心とする既成の俳諧を一掃することを目的とするものであった。「獺祭書屋俳話」（以下では、単行本として刊行されているので『獺祭書屋俳話』と表記する）においては、そのことがはっきりと記されている。左の一節に注目いただきたい。

余の木皆手持無沙汰や花盛り　芹舎

「手持無沙汰」とは尤《もっとも》拙劣なる擬人法にして、此類《このたぐひ》の句は、月並《つきなみ》集中常に見る所なり。故に余は私に之《これ》を称して月並流といふ。余曽《かつ》て句あり。

大かたの枯木の中や初さくら

凡調見るに足らずといへども、猶《な》ほ或は手持無沙汰のいやみに勝るべきか。呵々。

ここで子規が攻撃の対象としている俳句の作者は、芹舎《きんしゃ》(2)。

子規が批判しているのは、一句に用いられている「擬人法」。子規は、明治三十年（一八九七）十一月三十日発行の「ほととぎす」第十一号連載中の「試問」において、

擬人法は、物の活動する場合、又は滑稽の意を帯びたる場合には用ゐて成功する事あり。されど沈静なる景色、真面目なる趣向に用うべからず。

と述べている。「物の活動する場合」は、しばらく措《お》くとして、「滑稽の意を帯びたる場合」において「擬人法」が許容されているのは、「滑稽」（笑い）が、多分に「知」の領域のものだか

（1）「日本新聞」は、明治二十二年（一八八九）二月十一日の大日本帝国憲法公布の日に、子規の恩人陸羯南《くがかつなん》によって創刊された「国民主義」を標榜する新聞である。「獺祭書屋俳話」は、翌明治二十六年（一八九三）五月二十一日、東京神田区雉子町三十二番地の日本新聞社より日本叢書の一冊として出版されている。著書は、獺祭書屋主人となっている。子規の別号。この時の子規の住所は、東京下谷区上根岸町八十八番地（同書奥付による）。羯南の住所の西隣である。

（2）旧派宗匠を代表する人物。『獺祭書屋俳話』が公《おおやけ》になる少し前、明治二十三年（一八九〇）年一月二十四日没。享年、数え年八十六歳。京都の人。

らであろう。子規は、このような「擬人法」を用いた作品は、多く「月並集」中に披見し得《う》るというのである。どのようなことかというと、一句を通して感動を詠むのではなく、「知」によって表現の面白さを競う俳句の流行、ということであった。そんな作品が、旧派宗匠たちが毎月開く句会の作品集である「月並集」の中に散見されるというのである。それゆえ、子規は、そんな作品を勝手に「月並流」と呼ぶことにしていると記している。これが、子規がはじめて用いた負《マイナス》の評価としての「月並」なる用語である。子規の行った俳句革新とは、氾濫していた「知」の産物である「月並流」を打破して、詠《よ》むべき対象より受ける美的感動を、実景に即して描写することで形象化する「写生」俳句の確立であった。

そのことを、子規は、先の芹舎の句に対するものとしての自句を示すことによって説明している。子規が示した具体例二句を並べて記してみる。

余の木皆手持無沙汰や花盛り　芹舎
大かたの枯木の中や初さくら　子規

両句ともに桜以外の木々の中にある桜を詠んだものであり、底流している両作者の創作意図は、桜花讃美ということである。それを芹舎は「余の木皆手持無沙汰や」、すなわち桜以外の木々は、一様に所在無さげだと「擬人法」を用いて「知」的に表現したのに対して、子規は、眼前の景をそのまま、有りの儘《まま》に詠んでいるのである。子規は、自句を「凡調」ではあるが、「いやみ」のない句だと自讃している。「いやみ」も、子規が多用する負《マイナス》の評価を示す俳句用語である。

## 二・「月並《つきなみ》」の内容

今、見たように、子規は、俳句革新の第一声である『獺祭書屋俳話』の中で「擬人法」を用いた「知」的で「いやみ」な俳句を「月並流」と呼んでいる。これを嚆矢《こうし》（起り）として子規の激しい「月並」批判が始まったのであるが、なにも「擬人法」を用いた作品だけが「月並」ではない。子規は、明治二十九年（一八九六）七月二十七日、「日本新聞」連載中の「俳句問答」の中で、子規開拓の「新俳句」「新派俳句」と「月並俳句」とを比較して五箇条にわたってその違いを説明している。これによって自《おの》ずから「月並流」「月並俳句」とはどのようなものであるかが明らかとなっている。実例を示して説明しているが、その部分は省略し、差異を明らかにしている記述の部分のみを左に引いてみる（子規は、目指すべき俳句ということで「我《われ》」と言っている）。

第一　我（「新俳句」「新派俳句」）は直接に感情に訴《うった》へんと欲し、彼（「月並流」「月並俳句」）は往々知識に訴へんと欲す。

第二　我は意匠の陳腐なるを嫌へども、彼は意匠の陳腐を嫌ふこと我よりも少し。寧《むし》ろ彼は陳腐を好み、新奇を嫌ふ傾向あり。

第三　我は言語の懈弛《たるみ》を嫌ひ、彼は言語の懈弛《たるみ》を嫌ふ事我よりも少し。寧《むし》ろ彼は懈弛《たるみ》を好み、緊密を嫌ふ傾向あり。

第四　我は音調の調和する限りに於て雅語、俗語、漢語、洋語を嫌はず。彼れは洋語を排斥し、漢語は自己が用ゐなれたる狭き範囲を出づべからずとし、雅語も多くは用ゐず。

第五　我に俳諧の系統無く、又流派無し。彼は俳諧の系統と流派とを有し、且《か》つ之《これ》あるが為《た》めに特種の光栄ありと自信せるがごとし。

これが、子規が打破、超克すべく努めた「月並流」「月並俳句」の世界だったのである。子規は、ごく少数の仲間、すなわち河東碧梧桐《かわひがしへきごとう》、高浜虚子《たかはまきょし》、石井露月《いしいろげつ》、佐藤紅緑《さとうこうろく》、村上霽月《むらかみせいげつ》、夏目漱石《なつめそうせき》、柳原極堂《やなぎはらきょくどう》、下村牛伴《しもむらぎゅうはん》、内藤鳴雪《ないとうめいせつ》、福田把栗《ふくだはりつ》、梅沢墨水《うめざわぼくすい》、歌原蒼苔《うたはらそうたい》、佐藤肋骨《さとうろっこつ》、二宮東雲《にのみやとううん》、吉野左衛門《よしのさえもん》等によって、右に窺《うかが》えたごときの反「月並流」、反「月並俳句」を目指して俳句革新を推進したのであった。このメンバーの中で碧梧桐、虚子、霽月、極堂、牛伴、鳴雪、蒼苔、東雲は、子規と同郷伊予（愛媛県）の出身。ために、子規のグループは、その俳句活動の拠点であった「日本新聞」に因《ちな》んで「日本派」と呼ばれるとともに、軽い揶揄《やゆ》の気持ちを込めて「伊予派」とも呼ばれた。新派秋声会《しゅうせいかい》の岡野知十《おかのちじゅう》は、そのあたりの事情を、その著『俳諧風聞記』（白鳩社、明治三十五年十一月二十四日刊）の中で左のごとく記している。初出は、明治二十八年（一八九五）九月の「毎日新聞」であるので、子規生存中の発言である。子規生前の、子規に対する一つの評価として注目してよい。

子規が咄嗟《とっさ》の間に多くの同調者を得て一団体をなすに至りしは、俳諧の関係よりは、寧《むし》ろ郷里的の関係に出づ。所謂《いはゆる》日本派の重《おも》なる者を列挙せよ。内藤鳴雪をはじめ其《その》過半は愛媛県人ならぬはなし。故国を同うし、旧藩を共にし、師弟、親戚、朋友の由縁ならぬはなし。鳴雪が派内に推され、子規だに之《これ》を『翁』と尊称するは、俳壇のうへよりは、寧《むし》ろ郷里間に於て年長者たり、先輩たるに出《い》づるものなり。故に此《この》派を一に『伊予派』と称するものありと。

ちなみに、知十は万延元年（一八六〇）、蝦夷地《えぞち》（北海道）日高の生まれである。子規より七歳年長。昭和七年（一九三二）八月十三日没。享年七十三。

ところで、子規の負《マイナス》の俳句批評用語である「月並」であるが、子規生前より、すでに今日的意味での日常語として流布していたようである。子規によって新《あら》たな日本語として誕生したというわけである。子規自身も面白がって最晩年の随筆『病牀六尺《びょうしょうろくしゃく》』の明治三十五年（一九〇二）八月二日の条に左のように記している。

我々の俳句仲間にて、俗宗匠の作る如き句を月並調と称す。こは床屋連、八公連などが月並の兼題を得て景物取りの句作を為《な》すより斯《か》くいひし者が、俳句の流行と共に今は広く広がりて、わけも知らぬ人迄月並調といふ語を用ゐる様になれり。従て或《ある》場合には、俳句以外の事に迄、俗なる者は之を月並と呼ぶ事さへ少からず。近頃、或人と衣食住の月並といふ事を論じたる事あり。着物の縞柄《しまがら》に就《つ》きても、極めて細き縞を好むは月並なり。着物の地合《ぢあひ》に就きていへば、縮緬《ちりめん》の如きは月並なり。食物に就いていへば、砂糖、蜜などを多く入れて無暗《むやみ》に甘くしたるは月並なり。住居に就いていへば、床の間の右側の柱だけ皮付きの木にするは月並なり。此《こ》の類《たぐひ》、枚挙に遑《いとま》あらず。（傍点・復本）

死の一ヶ月程前の文章である。子規は、この一文で「月並調」の定義をしている。「俗宗匠の作る如き句を月並調と称す」というのである。子規は、銅臭（財貨）と深くかかわる旧派宗匠を「俗宗匠」と呼んで蔑視している。「金銭に淡白」であった子規が最も嫌ったものが、銅臭、俗臭であった。この「俗宗匠」のもとに押し掛けるのが、「景物」（景品）目当ての「床屋連」「八公連」(風雅を解さない、欲の皮が張った連中)である。そして、それらの人々が量産するのが「月並調」の俳句というわけである。明治二十一年(一八八八)五月二十九日刊の鶯亭金升《おうていきんしょう》による戯作《げさく》小説『滑稽俳人気質《こっけいはいじんかたぎ》』が、そんな宗匠、そんな庶民を活写している。

子規の用いた「俗宗匠」を中心とする人々が量産する「知」に走った「陳腐」で、「いやみ」な作品を評する言葉であった「月並」が、俳句の流行とともに庶民生活の衣・食・住の諸事象を指す言葉として広がっていったというのである。そんな現象を、子規は、生前、確認し得《え》ていたのである。さぞ愉快なことであっただろう。子規が示している具体例、今日においても一一《いちいち》首肯し得《う》る。

## 三、「写生」への第一歩

右のごとき「月並流」「月並俳句」「月並調」を打破、一掃するために子規が唱えたのが「写生」であった。が、子規において、この「写生」論が一朝一夕にして確立したわけではなかった。その背後には「俳句分類」という孜々《しし》とした研鑽の努力があったのである。子規は、明治三十年(一八九七)十二月三十日発行の「ほととぎす」第十二号に掲載の随筆「俳句分類」の冒頭に、余、俳書の編纂に従事すること、こゝに七年、名づけて俳句分類といふ。分類に甲号、乙号、丙号、丁号の区別あり。合せて之《これ》を積めば、高さ我《わが》全身に等し。

と記している。この記述から逆算すると、子規が「俳句分類」の作業を開始したのは、明治二十三年（一八九〇）ということになる。この「俳句分類」は、昭和三年（一九二八）三月二十五日より昭和四年（一九二九）九月二十日まで、『分類俳句全集』として全十二巻でアルス（北原白秋の弟北原鐵雄《てつお》が創業した出版社）より河東碧梧桐、高浜虚子、寒川鼠骨《さんがわそこつ》の校訂で出版されている。その普及版のパンフレットの惹句《じゃっく》の中に、

子規の偉大なるは、もとより其《そ》の非凡なる天分による事は明かであるが、一面から見れば正に其《そ》の刻苦勉励の賜物である。子規の不朽の大芸術の背後には、実に血の滲むやうな惨憺たるこの基礎工事があったのである。

と見えるが、まさしく十二万三千句を分類しての「俳句分類」の「基礎工事」があったればこそ俳句革新が為《な》し遂《と》げられたのであろうし、そのための方法としての「写生」論も確立し得《え》たのであろう。

『病牀六尺』の明治三十五年（一九〇二）六月三十日の条に左の一節が見える。

俳句分類の編纂《へんさん》は、三年程前から全く放擲《はうてき》してしまつて居《ゐ》るのである。「錐《きり》に銹《さび》を生ず」といふ嘆を起こさゞるを得ない。

「三年程前」といえば、明治三十二年（一八九九）。子規は、明治二十九年（一八九六）二月、三十歳の時より、結核性のカリエスのため臥褥《がじょく》の生活に入っているが、病状は、年を追うごとに悪化、明治三十二年五月十日には、

あまりの苦しさを思ふに、何《な》んの為《た》めにながらへてあるらん。死なんか〳〵。さらば薬を仰ひで死なんと思ふに、今の苦しみにくらぶれば、我が命つゆ惜《を》しからず。

とまで、門人をして書き付けさせているのである（「牡丹句録」）。「俳句分類」の作業が中断したとしても、誰も咎めることなどできないであろう。子規は、十年間にわたって営々と「俳句分類」の作業に精出してきたのである。

その結果、子規は、何を摑んだのか。子規は明治三十五年（一九〇二）四月十五日、生前唯一の自選句集『獺祭書屋俳句帖抄　上巻』（俳書堂、文淵堂合梓）を出版しているが、その冒

頭に掲げた序文「獺祭書屋俳句帖抄上巻を出版するに就きて思ひつきたる所をいふ」の中に左のごとき記述が見える。

俳句分類の研究が、昔の連歌時代より始まつて、それから貞徳派の無趣味なる滑稽時代を過ぎ、宗因の談林に至つて僅に一点の活気を認めながら、尚《なほ》五里霧中に迷ふてをる有様であつたが、「春の日」「あらの」など丶漸《やうや》く佳境に入り始め、はじめて「猿蓑」を繙《ひもと》いた時には、一句々々皆面白いやうに思はれて嬉しくてたまらなかつた。其頃《そのころ》、別に「三傑集」の端本を一冊持つてをつて、其《それ》も面白い句が多いやうに思ふた。

「俳句分類」の作業を通しての俳句開眼である。それは、『猿蓑』(3)を通して為《な》されたという。松尾芭蕉について、子規は、先の俳句革新の第一声の書『獺祭書屋俳話』の中で、

芭蕉は、趣向を頓智滑稽の外に求め、言語を古雅と卑俗との中間に取り、万葉集以後新に一面目を開き、日本の韻文を一変して、時勢の変遷に適応せしめしを以て、正風俳諧の勢力は、明治の世になりても猶《なほ》依然として隆盛を致せるものなるべし。

と述べている。芭蕉との出会いが、子規の俳句開眼を促したであろうことは、間違いな

いところである。子規は、右の一文で『三傑集』に言及しているが、この書、正しくは、『発句三傑集《ほっくさんけつしゅう》』(4)という。

ところで、子規は『猿蓑』を通しての芭蕉との出会いによって、芭蕉から何を学んだのであろうか。子規披見の書、芭蕉の門人土芳《どほう》による『三冊子《さんぞうし》』(元禄十五年頃成)の中に次の一節がある。

詩歌連俳は、ともに風雅也《なり》。上三のものには余す所も、その余す所迄、俳はいたらずと云《いふ》所なし。花に鳴《なく》鶯も「餅に糞《ふん》する椽《えん》の先」と、まだ正月もお《(を)》かしきこの頃を見とめ、又、

---

(3)『猿蓑』は、いわゆる芭蕉七部集の中の第五番目の秀句集《アンソロジー》(『春の日』『あらの』も七部集中の撰集《せんじゅう》)。芭蕉の門人である去来《きょらい》、凡兆《ぼんちょう》の共編。元禄四年(一六九一)刊。芭蕉が監修者としての役割を担っていることは言うまでもない。

(4)車蓋《しゃがい》編、寛政六年(一七九四)刊。子規は、明治三十年(一八九七)より蕪村にのめり込んでいくが、『発句三傑集』の「三傑」とは、蕪村と同時代の俳人である蓼太《りょうた》、暁台《きょうたい》、闌更《らんこう》のことである。子規が、早い時点でこれら蕪村と同時代の俳人たちの作品に興味を示していることは、大いに注目してよいであろう。

水に住む蛙も、古池に飛込む水の音といひはなして、草にあれたる中より蛙のはい(ひ)る響に、俳諧をきゝ付たり。見るに有《あり》、聞《きく》に有《あり》。作者感《かんず》るや句と成る所は、即《すなわち》俳諧《はいかい》の誠也《まことなり》。

この一節の子規に与えた影響は、すこぶる大きいと思われる。対象をよく見ることによって、俳諧独自の世界を構築し得《う》るというのである。後年、子規が唱えることになる「写生」の源流がここにある。

「詩歌連俳」とは、漢詩、和歌、連歌、それに俳諧である。芭蕉が登場するまでは、漢詩、和歌、連歌に対して俳諧は、一段低い文芸と見做《みな》されていた。それに対して、土芳は、総て同じ「風雅」（文学）なのだと言っている。当然、芭蕉の教えの祖述と見てよいであろう。そこにおいて、俳諧という文芸が独自性を発揮するには、漢詩や和歌や連歌が、俗ということで弾《はじ》き出していた対象にも挑戦すればいいというのである。そこで土芳が具体例として示したのが、芭蕉の〈鶯《うぐひす》や餅に糞《ふん》する椽《えん》のさき〉であり、〈古池や蛙飛《かはづとび》こむ水のおと〉である。この両句が選ばれているのは、もちろん、『古今和歌集』に付された紀貫之《きのつらゆき》の仮名序の一節「花に鳴く鶯《うぐひす》、水に住む蛙《かはづ》の声を聞けば、生きとし生けるもの、いづれか歌をよまざりける」が意識されていよう。そんな和歌的伝統の中にある「鶯」や「蛙」も、しっかりと対象を見据えることによって、「餅に糞《ふん》する椽《えん》のさき」との把握、そして「飛こむ水のおと」との把握が可能となるというのである。「俳諧《はいかい》の誠《まこと》」とは、滑稽一辺倒の貞門俳諧や談林俳諧を意識しての言葉であろう。――そして、このような把握、表現こそが、子規言うところの「写生」に繋《つな》がるものであろう。子規は、そのことを『猿蓑』を繙《ひもと》くことによって、芭蕉を中心とする蕉門の人々の一句一句から、具体的に確認し得《え》たものと思われる。

子規は、先に見た「獺祭書屋俳句帖抄上巻を出版するに就きて思ひつきたる所をいふ」の中で、左のように記している。明治二十五年（一八九二）を回想しての記述である。

冬の始に鳴雪翁と高尾の紅葉見に行《いつ》た時は、天然の景色を詠み込む事が稍々《やや》自在になつた。

麦蒔きや束ねあげたる桑の枝

松杉や枯野の中の不動堂

などいふ句は、此《この》時出来たので、平凡な景、平凡な句であるけれども、斯《か》ういふ景をつかまへて斯ういふ句にするといふ事が、これ迄は気の付かなかつた事であつた。

「写生」に向っての、子規の胎動である。子規は「実景を俳句にする味を悟つた」のである。

## 四．画家・不折との出会い

子規が俳論『獺祭書屋俳話』を「日本新聞」に連載したのは、先にも記したように、明治二十五年（一八九二）の六月二十六日より十月二十日まで。この時、子規は帝国大学（明治三十年、東京帝国大学と改称）文科大学国文学科の学生であった。大学を中退して子規が陸羯南《くがかつなん》の日本新聞社の社員となったのは、同年十二月一日のこと。月給十五円（『仰臥漫録《ぎょうがまんろく》』）。そして、明治二十七年（一八九四）には、二月十一日創刊の「小日本」の編集責任者になっているのである。本体「日本新聞」と同じく帝国憲法発布の記念日をもって創刊していることには注意していい。月給は、三十円となっていた。「小日本」は、同年七月十五日付をもって廃刊となるが、この間が、子規の三十六年間の生涯において、ある意味で最良の日々であったかもしれない。

子規は、「小日本」の編集責任者になった喜びを、明治二十七年（一八九四）一月八日付で叔父（子規の母八重の弟）大原恒徳《つねのり》宛の手紙の中で左のように綴っている。

私身《み》の上に付ては、内々大に心配致し居《をり》候処、此度《このたび》一事業相起り、一身をまかす様に相成申候。一事業とは、日本新聞社にて絵入小新聞《こしんぶん》を起す事に御坐候（勿論、表向きは別世帯に御坐候）。就而《ついて》は、私が先《ま》づ一切編輯担当之《の》事と略《ほぼ》々内定致し、来月十一日より発行之積りに御坐候。さすれば毎日繁忙之身《はんぼうの》と相成候得共《えども》、此頃《このごろ》の向にては身体健康に候間《あひだ》、大概堪へ得《う》べくと存居《ぞんじをり》候。

俳句革新者としてではなく、ジャーナリストとしての躍るような気分が伝わってくる。このような中で洋画家中村不折(5)と出会うのである。

まず、子規と不折の出会いを、不折の側の記述から見てみることにしたい。昭和三年(一九二八)九月一日発行の「美術新論」第三巻第九号所収の談話「私の学生時代」の中で、明治二十七年(一八九四)の子規との出会いを左のように回顧している。

日本新聞といふ新聞があつて、これは立派な政治新聞で、しつかりしてゐたので、時の政府ににらまれ発行停止をよく食つた。その間、別に新聞を出して主義を述べて行かうとい

(5)不折は、慶応二年(一八六六)七月十日の生まれ。子規より一歳だけ年長。生まれは、東京京橋八丁堀であるが、父母の生地は、信州(長野県)高遠《たかとお》。明治三年(一八七〇)に高遠に帰り、明治二十年(一八八七)、再び東京に出て来て、十一会研究所(後の不同舎)に入り、小山正太郎に師事、画学生として苦難時代を過すことになる。不折が、小山とともに何かと庇護を受けることになる浅井忠の知遇を得たのも、この時。

ふので「小日本」といふ新聞が出来た。この編輯長が正岡子規君で、他に今の政治界の名物男古島一雄君などといふ人がゐた。正岡の考へで新聞に絵を入れやうと社長の陸実《くがみのる》（筆者注・陸羯南の本名）氏に相談し、陸氏は浅井氏の碁の先生だつたので、浅井さんに話があり、それから僕に伝へられて、僕は「小日本」に行つて正岡に会つた。

今度は、子規の側から見てみよう。不折は、明治三十四年（一九〇一）六月二十九日、絵画修行のためにフランスに旅立っている。子規は、同年の一月十六日より七月二日まで「日本新聞」に随筆『墨汁一滴』を連載しているが、その中で不折との交流を、惜別の思いを込めて、かなりのスペースを割き振り返っている。子規によれば、子規と不折との出会いは、明治二十七年（一八九四）三月上旬のこと。場所は、神田淡路町にあった小日本新聞社。その時、不折は、水戸弘道館をはじめとして、四、五枚の下画を見せたという。水戸弘道館の画が三月七日付の「小日本」に、不折画としてはじめて掲載されたのであった。初対面の不折の印象を、子規は、

其人《その》を見れば、目つぶらにして顔おそろしく、服装は普通の書生の著《き》たるよりも遙かにきたなき者を著たり。

と記している。が、不折の筆力には、ほとほと感嘆したようである。子規は、

余が知るより前の不折君は、不忍池畔に一間《ひとま》の部屋を借り、そこにて自炊しながら勉強したりといふ。其《その》間の困窮はたとふるものなく、一粒の米、一銭の貯《たくはへ》だになくて、食わず飲まずに一日を送りしことも一、二度はありきとぞ。其他は推して知るべし。小日本と関係深くなりて後《のち》、君は淡路町に下宿せしかば、余は社よりの帰りがけに君の下宿を訪ひ、画談を聞くを楽《たのしみ》とせり。

とも記している。この記述によって不折の窮乏生活時代の一端を窺うことができるのであるが、小日本入社で一息つけたのであろう、子規が記しているように神田区淡路町二丁目三番地石川方を住居としている。小日本新聞社は、神田区淡路町一丁目一番地。子規は、「余は社よりの帰りがけに君の下宿を訪ひ、画談を聞くを楽《たのしみ》とせり」と記している。不折は、耳が遠かった。ためにに、人々から敬遠されがちであったようである。子規は、

君が服装のきたなきと、耳の遠きとは、君が常職《じやうしよく》（筆者注・普通の仕事）を求むる能《あた》はずして、非常の困窮に陥りし所以《ゆゑん》なるが、余等相識るの後も、一般の人は君を厭《いと》ひ、或《あるい》は君を軽蔑し、余等傍《かたはら》にありて、不折君に対し甚だ気の毒に思ひし事も少《すくなか》らず。

と記している。そんな不折ではあったが、子規とは、同世代ということも手伝ってか、馬が合ったのであろう、子規は、会社帰りにせっせと不折の下宿に通って画談を聞くのを楽しみにしていたと記している。不折の方でも、昭和三年（一九二八）九月十九日発行の「日本及日本人」の秋季臨時増刊号に載せた「子規君のこと」の中で、

私は生まれてから、ずつと貧乏で育ち、当時は油絵の方は一応卒業したことになつてゐたが（筆者注・十一会研究所、不同舎を）、金を取つて暮しを立てねばならぬ場合だつたので、「小日本」へ這入《はい》ることゝなつた。這入《はい》つて正岡と話してみると、所謂《いはゆる》意気投合したといふのか、話が好く合ふので、日一日と互に親しくなつた。

と記している。こんな二人の交流の中から、子規の「写生」論が確立していったのである。そのことは、子規自身が明治三十三年（一九〇〇）十二月二十日刊の叙事文集『寒玉集《かんぎょくしゅう》』（ほととぎす発行所）の冒頭に掲げた「叙事文」の左の一節から窺うことができる。

実際の有のまゝを写すを仮に写実といふ。又写生ともいふ。写生は、画家の語を借りたるなり。又は虚叙（前に概叙といへるに同じ）といふに対して、実叙ともいふべきか。更に

詳《つまびらか》にいはゞ、虚叙は抽象的叙述といふべく、実叙は具象的叙述といひて可ならん。要するに虚叙（抽象的）は人の理性に訴ふる事多く、実叙（具象的）は殆《ほと》んど全く人の感情に訴ふる者なり。虚叙は地図の如く、実叙は絵画の如し。（中略）写生といひ写実といふは、実際有のまゝに写すに相違なけれども、固より多少の取捨選択を要す。取捨選択とは、面白い処《ところ》を取りて、つまらぬ処を捨つる事にして、必ずしも大を取りて小を捨て、長を取りて短を捨つる事にあらず。

「叙事文」についての発言であるが、そっくりそのまま俳句に対して当て嵌《はま》るものである。というよりも、俳句において確立した「写生」論を、「叙事文」の理論にも援用したもの、と見るほうが正しいであろう。右の中で、子規は、「写生」なる用語が「画家の語を借りた」ものであることを明言しているのである。そして、それは、不折との親交を除いては考えられないのである。この点は、大いに注目しなければならないのであるが、それ以上に注目すべきは、右の文章の後半分である。「写生」とは、実際の対象を有りの儘に写すことであるが、そこには多少の取捨選択がなされるべきである、というのである。取捨選択とは、「面白い処を取りて、つまらぬ処を捨つる事」だという。子規の「写生」論は、この主張に尽きると言っていい。この点が、従来誤解されていたところである。従来、子規の「写生」とは、対象を有りの儘に写すことだ、との理解に止《とど》まっていたのである。なぜ、「写生」に取捨選択がかかわってくるのか。

それは、子規が言っているように、「写生」は「人の感情」とかかわるものだからである。先に引用した土芳の『三冊子』の末尾の一節を想起していただきたい。

見るに有《あり》、聞くに有《あり》。作者感《かんず》るや句と成る所は、即《すなわち》俳諧《はいかい》の誠也《まことなり》。

子規の論と全く同じである。「作者感ずるや句と成る所」――それは「面白い処を取りて、つまらぬ処を捨つる事」なのである。「作者感ずる」、すなわち、そこには「人の感情」が大きくかかわっているのである。そして、この「写生」論こそが、子規が不折の画談から会得《えとく》したものだったのである。

## 五．不折の「写生」論

明治三十四年（一九〇一）六月にフランスへ旅立った不折が、日本に帰ってくるのは、子規没後の明治三十八年（一九〇五）三月。子規は、餞別の気持ちを込めて綴った先の『墨汁一滴』の中の長文の不折論を、西洋へ往きて勉強せずとも、見物して来れば沢山なり。其上《そのうえ》に御馳走を食ふて肥《こ》えて戻ればば、それに上こす土産はなかるべし。余り齷齪《あくせく》と勉強して上手になり過ぎ給ふな。

との愛情の籠った一文をもって閉じている。

この一文からも窺知《きち》し得《う》るように、不折の人柄は、勤勉実直そのものであった。子規は、そのあたりの様子を、

不折君は、粗衣粗食の極端にも耐へ、成るべく質素を旨として、少しにても臨時の収入あれば之《これ》を貯蓄し置くなり。君が赤貧洗ふが如き中より身を起して、独力を以て住屋と画室とを建築し、それより後二年ならずして洋行を思ひ立ち、しかも他人の力を借らざるに至ては、君が勤倹の結果に驚かざるを得ず。

と記して、感嘆の意を表している。不折は酒も煙草も嗜《たしな》まなかったようである。子規は、そんな不折が大好きだったのであり、その不折の画談より多くを学んだのである。同じく『墨汁一滴』中の左の記述に、次第に不折の画談からの影響を受けていく子規が髣髴とする。

不折君に逢ふ毎に、其《その》画談を聴きながら、時に弁難攻撃をこゝろみ、其度毎《そのたびごと》に発明する事少なからず。遂《つひ》には君の説く所を以て今迄自分の専攻したる俳句の上に比較して其《その》一致を見るに及んで、いよいよ悟る所多く、半年を経過したる後《のち》は、稍《やや》画を観るの眼を具へたりと自ら思ふ程になりぬ。

子規は、不折の画談を通して画の観方の要諦を理解していったようであるが、注目すべきは「君の説く所を以て今迄自分の専攻したる俳句の上に比較して其《その》一致を見るに及ん」だ、との記述である。すでに見たように、子規は「俳句分類」の作業を通して、『猿蓑』に（芭蕉に）逢着していた。不折の画談を受け入れる素地は、おおむね出来上っていたのである。それでは、子規が不折から聞いた画談とは、どのようなものであったのであろうか。

不折の著述の最初のものは、洋行から帰ってすぐ、明治三十九年（一九〇六）年十月四日刊の『画界漫語』（服部書店）である。それゆえ、子規は、不折の見解を文字通り直接面晤《めんご》しての「画談」を通して理解したということであったのである。その内容は子規没後の不折の諸著作を通して推測することが可能である。

例えば、明治四十二年（一九〇九）六月十六日、不折四十四歳の折に刊行された『俳画法』（光華堂）には、左のごときエピソードが紹介されている。

工部省に美術学校（筆者注・工学寮工部大学付属美術学校）にあつたとき、伊太利の名工ホンタネジーといふ人が画を教へて居《を》つた。其《その》時に小山先生や浅井先生等が此《この》ホンタネジー画伯から教を受けて居つたのだ。ある時、ホン教授が、先生等（筆者注・小山正太郎、浅井忠等）に丸の内を写生すべく命令した。先生等はスケッチブックを脇挟み、三三五五各方面に向ふたが、一向写生する好場所が見当らぬ。不平たら〳〵下宿に戻つて、翌朝登校、大《おほい》にホン教授に向つて不平をいふた其《その》時、ホン教授は毅然として先生等にいふ。そりや君等が悪いので、場所の悪いのではない、よく活眼を以て写生したならば、君等位の人数では一代や二代ではかき尽すことが出来ぬだろうといふたそうだ。

不折は、このエピソードに登場する小山正太郎や浅井忠から学んだのである。そして彼らの師がイタリアの画家ホンタネジー（フォンタネジー）に心酔していたようである。不折は、随筆「小山先生の為人と其功績」（「中央美術」大正五年二月号）の中で、

フォンタネージは伊太利《イタリー》の貴族で、人格の高い、人を推服せしめるやうな人だつたらしい。だから技術上のことより、寧《むし》ろ人格的の感化を多分に受けられたやうである。

と記している。それはともかく、子規の「写生」論を辿っていくと、ホンタネジー（フォンタネージ）まで行き着くのである。そして、小山、浅井から不折に伝えられ、子規は、不折を通して学んだというわけである。

右の文章で注目すべきは、ホンタネジー（フォンタネージ）の「活眼を以て写生」すべし、との教え。子規披見の書、芭蕉の教えを祖述した先の土芳の著作『三冊子』の中に、

動《うごけ》る物は変なり。時として留《とめ》ざればとゞまらず。止《とめ》るといふは見とめ、聞《きき》とむる也《なり》。飛落落葉の散りみだるゝも、その中にして見とめ、聞《きき》とめざれば、おさまると、その活《い》きたる物、消《きえ》て跡なし。

との一節があるが、「活眼」による「写生」とは、このようなことをいうのではなかろうか。「活眼」とは「理を見るに明らかな眼力。物を見わける眼識」（『大漢和辞典』）のことである。一方、このホンタネジー（フォンタネージ）のエピソードから、すぐに、明治三十二年（一八九九）五月二十日発行の「ほととぎす」第二巻第八号に掲載（連載二回目）の俳論「随問随答」中の左の一節が想起される。

写生に往きたらば、そこらにある事物、大小遠近尽《ことごと》く詠み込むの覚悟なかるべからず。

大きな景色に対して二句や三句位をやう〳〵ひねくり出すやうにては迚《とて》も埒《らち》あかぬなり。
大きな景色に持て余さば、うつ向いて足もとを見るべし。

両者の符合は明らかであろう。子規生前、不折によって先のホンタネジー（フォンタネージ）のエピソードが、子規に語られていた可能性は、十分にある。

ところで、私は、先に、子規の「写生」論の要諦が、「面白い処を取りて、つまらぬ処を捨つる」ところの取捨選択の「写生」にあることを指摘した。不折の画談を通して、このような「写生」論への示唆を受けていたことも、また想定されなければならない。不折の著作を探っていくと、明治四十年（一九〇七）六月一日刊の『鉛筆画法』（日本葉書会）の左の一節に遭遇する。「写生と絵画」と題する章の冒頭である。

写生といふものと絵画といふものとの区別をいはんに、従来日本では写生の字を其物《その》の通りに画くのだと解釈して居《を》つた、写真と同じものと思って居《を》つたが、西洋ではスケッチといふて花なら花を見て奇麗なもんだと思ふ、その奇麗だと思ったことを書く、これがスケッチ即写生で、花の形ばかりを写すのでなしに心を写す。尤《もっと》も形が出来なくては心が完全に写せるものではないから、大いに形の上での研究もやる。これが花とか山とか木とか家屋とか、単純に其《その》もの丶感じを写すのみでなく、進んでそれらを沢山に集合して一つの感想を自分から組立てる、語を換《か》へていはゞ、写生を組合せて一つのものを作るとなると、此《この》時始めて絵画の資格が与へられるのである。

この「写生」論こそが、不折がホンタネジー（フォンタネージ）、小山正太郎、浅井忠の系譜の中で学んだ「写生」論だったのであろう。「美」の「写生」論であり、「組合せ」の「写生」論である。

西洋画論での「写生」（スケッチ）とは、決して「其《その》物の通りに画く」ということではないことを不折は、強調している。ここが、日本人の「写生」理解の誤りだというのである。この誤りは、今日においてもなお踏襲されているように思われる。不折に言わせれば、多くの日本人は、「写生」と「写真」とを混同しているというのである。「其《その》物の通りに画く」ところの「写真」なる概念や言葉は、すでに江戸時代からある（例えば、鈴木淳氏の論考「北尾重政画『花鳥写真図彙』考」・「かがみ」第三十九号に窺えるがごとく）。が、西洋画論の「写生」とは「奇麗なもんだと思ふ、その奇麗だと思つたことを書く」ことだというのである。不折は、前年、明治三十九年（一九〇六）十月二十二日刊の『画道一斑』（日本葉書会）の中でも「理屈よりは感じを画く事を心掛けねばならぬ」（「写生」の秘訣）と述べている。

不折は、こんな画談をも子規に語ったものと思われる。明治三十二年（一八九九）一月二十日刊の『俳諧大要』（ほととぎす発行所）の中で、子規は次のように述べている。

面白くも感ぜざる山川草木を材料として幾千俳句をものしたりとて、俳句になり得《う》べくもあらず。山川草木の美を感じて、而《しかう》して後《のち》始めて山川草木を詠ずべし。美を感ずること深ければ、句も亦《また》随つて美なるべし。

この部分の初出は、明治二十八年（一八九五）十二月六日付の「日本新聞」である。すでに不折との交流が始まっている。子規もまた「美」の「写生」を強調しているのである。決して「其《その》物の通りに画く」ことなど望んでいないのである。子規が、不折の一言一句を面白いように吸収していったであろうことを窺わしめる右の発言である。

不折は、もう一つ、個々の「写生」を「集合」し、「組立てる」ということを提言している。そうすることによって「写生」が「絵画」になるというのである。このことについて、子規は先に見た『墨汁一滴』の中で、不折と一緒に見た明治二十七年（一八九四）秋の上野の「美術協会の絵画展覧会」における雪舟の屏風一双に言及し、

不折君は、余に向ひて詳《つまびらか》に此《この》画の結構布置を説き、これだけの画に統一ありて少しも抜《ぬけ》目《め》無き処、さすがに日本一の腕前なりとて説明詳細なりき。余此時始めて画の結構布置といふ事に就きて悟る所あり、独りうれしくてたまらず。

と記している。不折が『鉛筆画法』で言うところの「写生を組合せて一つのものを作る」ということは、すなわち「結構布置」ということであろう。子規は、不折からの如上《じょじょう》の「写生」論を見事なまでに吸収、俳句の「写生」論を確立したのであった。

## 六．子規の「写生」論

それが窺えるのが、明治三十年（一八九七）二月十五日発行の「ほととぎす」第二号掲載の評論「俳諧反故籠」中の左の記述である。

初学の人、実景を見て俳句を作らんと思ふ時、何処《どこ》をつかまえて句にせんかと惑ふ者多し。蓋《けだ》し実景なる者は俳句の材料として製造せられたる者にあらねば、其《その》中には到底俳句にならぬ者もあるべく、俳句に詠みたりとも面白からぬ者もあるべく、又材料多くして十七八字の中に容《い》れ兼ぬるもあるべし。美醜錯綜し、玉石混淆したる森羅万象の中より美を選《よ》り出《い》だし、玉を拾ひ分くるは文学者の役目なり。無秩序に排列せられたる美を秩序的に排列し、不規則に配合せられたる玉を規則的に配合するは俳人の手柄なり。故に実景を詠ずる場合にも、醜なる処を捨て丶美なる処《ところ》のみを取らざるべからず。

これが完成された子規の「写生」論である。「美」も「取捨選択」も「結構布置」も、すべてこの中に込められているのである。

明治三十一年（一八九八）、子規は、この「写生」論を引っ提げて、短歌革新に乗り出したのである。「歌よみに与ふる書」の第一回が「日本新聞」に掲載されたのは、同年二月十二日のことであった。そして、この「写生」論は、やがて親友夏目漱石の『我輩は猫である』誕生（明治三十八年）へと繋がっていくのである。

# Ⅱ　俳句革新への情熱と実践

## 子規の悪戯《いたずら》書き的新出俳句

子規には、記録魔的、整理魔的なところがある。その最たるものが、労作「俳句分類」(『分類俳句全集』)である。自《みずか》らの俳句作品も『寒山落木』や『俳句稿』にきちんと整理、記録されているので、異形句はともかくとして、今後、新出句が出現する可能性は、きわめて少ないものと思われる。

ところが、どうも新出句ではないかと思われる作品が、子規の従弟《いとこ》、藤野《ふじの》古白《こはく》がらみで存在していたのである。古白は、明治四年(一八七一)八月八日の生まれ。子規より四歳年少である。父は漸《すすむ》、母は十重《とえ》(旧姓大原)。そして、子規の母は八重《やえ》(旧姓大原)である。すなわち、十重は、八重の妹ということなのである。この十重、古白が七歳の明治十一年(一八七八)に亡くなってしまう。そして、父漸に後妻磯子が来る。十重には長男、長女が、後妻の磯子には次男以下二男三女が生まれている。

古白、明治二十八年(一八九五)四月十二日、数え年二十五歳の時にピストル自殺により永眠することになるが、継母との仲は決して悪くはなかったようである。継母磯子に遺言状まで残しているのである。

その磯子に、昭和八年(一九三三)十一月二十一日、河東碧梧桐がインタビューを試み、口述筆記している。初出掲載誌は「俳句研究」（改造社）の昭和九年（一九三四）九月号（「子規特輯《とくしゅう》」。昭和九年は、子規の三十三回忌に当る）。昭和十一年（一九三六）十二月一日刊、河東碧梧桐編『子規言行録』（政教社）にも収められている。『子規言行録』、内容の充実した好著であるが、初出掲載誌が記されていないのが残念である。

「俳句研究」を繙《ひもと》くと件《くだん》のインタビューが六十一ページから六十八ページにかけて掲載されている。題して「始めて上京した当時の子規―藤野磯子刀自談」。「河東碧梧桐記」となっている。口述筆記の内容に入る前に、碧梧桐により解説が加えられている。それによると、インタビューは、広島で行われている。藤野磯子、その折、七十四歳。職を大蔵省に奉じていた藤野漸《すすむ》が郷里松山で没したのは大正四年（一九一五）、享年七十四。インタビューの折の磯子の印象を、碧梧桐は、

高齢の刀自ではあるが、記憶も明白であり、諄々として話される語調も流暢で、私の晦渋の筆では、到底うつし切れない美しいものであつた。

と記している。

インタビューは、「麹町中六番町時代」「神田仲猿楽町時代」「牛込東五軒町時代」「麻布長坂時代」の順に語られているが、私が注目したのは「麻布長坂時代」の記述。明治十八年

（一八八五）、藤野漸は、「麻布長坂のお長屋」（旧藩主久松定謨《ひさまつさだこと》伯邸）に住んでおり、子規は、そこにしばしば遊びに行っていたという。問題の箇所は、古白（本名潔《きよむ》）が巣鴨の病院へ入院する前のこと。古白の精神状態が悪化し、巣鴨病院へ入院したのは、明治二十二年（一八八九）の由（松山市立子規記念博物館編『藤野古白　異才の夭折』参照）。左のように語られている。

其《そ》の時分升《のぼ》さん（筆者注・子規）が見えたので、かう〳〵で毎日の遊山気分にも困り果て、ゐる話をしたら、幸ひ不在であつた潔の部屋の壁に、大判紙に

金なくて花見る人の心哉《かな》

と書いて貼りつけて下さつた。それを見てから、潔のお花見はぱつたりやみました。

古白の遊蕩がぴたりと止んだのが、風雅心を奨励しての、子規の、

金なくて花見る人の心哉　子規

の一句だったというのである。この句、子規句として認定してはいかが。

## 蕪村派子規の萌芽

子規を「蕪村派《ぶそん》」と評した早い例は、明治二十八年（一八九五）五月十日発行の「帝国文学」第五号「雑報」欄であろう。左のように記されている。

子規は純然たる蕪村派なり。其《その》蕪村を崇拝する可也《なり》。其《その》佳句の、時に几董《きとう》を凌《しの》がんとする者あるは最も欣《よろこ》ぶべし。其《その》芭蕉の句中に幾多の駄句を発見するの烱眼は驚く可《べ》き也《なり》。其《その》古池の句をも駄句中に数ふるの勇無かりしは独り惜む可《べ》き也《なり》。

「雑報」欄を書いている某氏は、若き子規の無謀さにやや呆れつつも、かなり好意的態度で「蕪村派」なる評価を下しているように思われる。が、子規の与謝蕪村への関心は、当時、世間で言われている以上に早い時期からのものであった。明治二十五年（一八九二）十月九日付伊藤松宇宛書簡の追伸部分の中に、すでに、

万々御承知には候べけれども、蓼太《れうた》、蕪村、闌更《らんかう》、暁台《けうたい》等の句集を御読被遊候上、此人《この》等の奇抜勁健なる分子を御加味被成《なされ》候はゞ一段の光輝を相添へ可申と存候。

との文言が見えるのである。若者特有の客気によるはったり的発言傾向なきにしもあらずであるが、子規が、この時点で蕪村をはじめとする中興期の俳人たちに大きな関心を抱いていたことは間違いない。蕪村の発見は、子規が明治二十二年(一八八九)、あるいは二十三年(一八九〇)ごろより孜々《しし》として取り組んできた「俳句分類」の作業に与《あずか》るところ大であったであろう。

そして、実作の中にも、早い時期から蕪村に傾斜しつつあったことを窺わしめる作品が散見されるのである。そんな中の一句に注目してみる。

『寒山落木』を繙《ひもと》くと、明治二十七年(一八九四)「春」の部に左のごとき作品が見える。

女負ふて川渡りけり朧月

この句は、『寒山落木』以外には見えない。未発表句、ということである。この年、子規は、まだまだ元気。二月十一日、「日本新聞」の創立記念日の祝宴が、子規が編集に携わることとなった「小日本」の創刊祝いを兼ねて神田明神下の「開花楼」で開かれたが、その後《あと》で、五百木《いおき》飄亭《ひょうてい》を吉原に連れていっている(五百木飄亭稿「我が見たる子規」参照)。が、そんな子規でも、まさか右の句のごとき酔狂はしないであろう。右の句、『伊勢物語』六段の左の一節を、まずは念頭においてのものと思われる。

むかし、男ありけり。女のえ得《う》まじかりけるを、年を経てよばひわたりけるを、からうじて盗みいでて、いと暗きに来けり。芥川といふ河を率ていきければ、草の上に置きたりける露を「かれは何ぞ」となむ男に問ひける。

『伊勢物語』では、悪天候の下、この女は鬼に食われてしまうのであるが、子規は、このテーマを川を渡って、逃避行に成功した男女、と詠み替えたのであろう。そして、もう一つ、子規の念頭にあった作品があったと思われる。それは、件《くだん》の蕪村の、

女倶して内裏拝まんおぼろ月

の句である。この句、几董《きとう》編『蕪村句集』（天明四年刊）に収録されている。子規門の内藤鳴雪が、この『蕪村句集』を入手したのは、明治二十六年（一八九三）のこと。その時点で、子規は、むさぼるように『蕪村句集』を読んだであろうことは間違いないであろうから、当然、右の句も、子規の中に強く印象付けられたことであろう。『伊勢物語』六段の一節、そして蕪村句〈女倶して〉、この二つの世界を踏まえて、子規の〈女負ふて〉の、王朝趣味の横溢《おういつ》する一句が誕生したものと思われる。必ずしも「写生」一辺倒の子規ではなかったのである。

## 子規の新出句 ―― 小杉天外の文章の中に ――

アルス（北原白秋の弟北原鐵雄《てつお》が創業した出版社）版の『子規全集』には、二つの予約募集用のパンフレットが残っている。一は「大正十三年六月より毎月一冊宛、十二ヶ月を以て完成す」と記されている全十二巻用のパンフレットであり、一は「大正十五年七月より毎月一冊宛《ずつ》、十五ヶ月を以て完結いたします」と記されている全十五巻用のパンフレットである。このパンフレットの伝える両全集（後者は、俳句集、俳論俳話、書簡集及び日記の巻を、それぞれ一巻ずつ増補したもの）の編者は、河東碧梧桐、高浜虚子、香取秀真《かとりほつま》、寒川鼠骨《さんがわそこつ》の四名。

今、私が注目しようとしているのは、十五巻用のパンフレット。その中に「子規に対する諸家の感想」なるコーナーがある。全二十一ページが費《つい》やされていて、なかなか読みごたえがある。佐藤春夫、芥川龍之介からはじまって、野上弥生子に至るまで、全三十八氏の、子規へのそれぞれの思いが綴られている。文章は、長短さまざまである。

私が注目したのは、小杉天外《こすぎてんがい》の左の文章。さほど長くないので、全文引用してみる。「正岡子規と私」と題されている。改行を無視して引用する。他は原文のまま。漢字は現行の字体に改めた。

私の家では祖父が俳諧をやつてゐたので、そんな関係からか俳句が非常に好きであつた。それで俳句には若い頃から注意し、正岡さんの新運動には殊の外注意してゐた。その頃正岡さんがやつてをられた日本新聞も常に読んでゐたし、また、自分の俳句や小説を度々見て貰つたこともある。慥《たし》か明治二十七年だつたと思ふ、正岡さんは自分の新聞に私の処女短篇小説「どろ〳〵姫」を推薦してくれたりして私を可愛がつてくれる、私も氏を慕つてゐたやうな仲で、谷中の三崎町にゐた時代などは、わざ〳〵私の家まで訪ねて来てくれたりした。矢張り谷中の鶯横町にゐた頃は、私は二軒長屋の東の方に居り、正岡さんは同じ長屋の西の方にゐたといふやうな関係であつた。その頃私は俳句をやれと切《しき》りに奨められ、その内容としては人情に基いた句を作れと言はれたものである。それで、私が病を得て小田原へ行つてゐた頃はよく俳句を作つたものである。興津に居つた頃わざ〳〵見舞に来たりなどして、その都度私に句を賜られた。

春風に吹かれて君は興津まで

病む人の病む人を訪ふ小春かな

こんな句は、その時々に私のために詠まれた句である。そんな関係だつたので、正岡さんの著書の殆んど総べてを持つてゐたが、全集となると私がこれまでに持つてゐる以外のもの這入つてゐやあしないか、といふ考へもあつて矢張り纏めて揃へたい気がして来る。私は正岡さんの和歌が一番好きであつて、私が家庭で自分の子供に和歌を教へたといふのも、つまりは正岡さんのものに感服した結果であつて、子供はその和歌に依つて何れだけ育てられたか、導かれたか知れない。兎に角、今全集が出るといふことは嬉しい気がします。

実に内容豊富である。小杉天外は、ゾライズムの作家。慶応元年（一八六五）に生まれ、昭和二十七年（一九五二）に没している。その天外と子規が交流があったことが明らかにされている。鶯横町の二軒長屋での隣同志というのは、上根岸八十二番地の家か。その関係で、子規は、天外の『どろ〱姫』を「小日本」に掲載したのではなかろうか。〈病む人の病む人を訪ふ小春かな〉は、『寒山落木』によれば明治二十八年（一八九五）の作。〈春風に吹かれて君は興津まで〉も、その頃か。この句、新出句と思われる。両句、天外のために作られた作品の由。

## 書生俳句――寒川鼠骨の文章の中に――

菅裸馬《すがらば》（明治十六年〜昭和四十六年）主宰誌「同人」（青木月斗が創刊主宰）が、昭和二十六年（一九五一）九月号（第三十一巻第九号）において「子規居士五十年忌特輯」を組んでいる。寄稿評論の一つに寒川鼠骨《さんがわそこつ》稿「子規居士と上方俳壇」がある。鼠骨の『随攷子規居士』（昭和二十七年十月、一橋書房刊）や『正岡子規の世界』（昭和三十一年十月、青蛙房刊）にも収録されていない貴重なものである。

子規居士が新俳句提唱を始めた頃、上方は依然として宗祇宗因以来の古宗匠に仍《よっ》て、支配されて居た。此《この》勢力は、拭ふべからざる伝統的なものであつた。

と書き始められている。そして、後半において、その「支配」の実態が、自らの体験として記されている。左のごときものである。やや長くなるが、引用してみる。大いに注目してよいであろう。

京都は三百年以来の伝統で、俳諧師が根を張つて居た。その俳諧師の生活を見ると、俳句を直す事よりは、席へ出ると云ふことが主であつた。多くの旧俳宗匠があつたが、子規居士や吾々を書生俳句と言ひ、箸の転ぶのを喜んで居る様な浅薄なもんだと評してゐる。不識庵聴秋と云人があるので、私は手紙で子規居士に、書生俳句だ箸の転ぶのを喜んで居るなどとはけしからん、一つ聴秋庵に乗込まうと相談した。子規居士はそれは面白からうが無駄だよと言つて来た。私は早速不識庵に面会を求めた。不識庵は宏荘な屋敷で、受付が何の用かと言ふ。俳句の事でお目に掛りたいと言つた。処《ところ》が暫くして上れと云ふ事で上つて行つた。俳句は宗鑑以来芭蕉を経て、幽玄な趣に生きるものであると庵主が言ふので、私は「夕まけて聴秋庵のひそけさよ」と云ふ一句を書いて之《これ》はどうでしようかと言つたら、聴秋宗匠は首を傾けて之《これ》なら良いと言つた。

鼠骨が訪ねていったのは不識庵上田聴秋である。花の本十一世。花の本芹舎門。明治十七年（一八八四）、京都で「鴨東新誌《おうとうしんし》」を発行している。嘉永五年（一八五二）に美濃国に生まれ、昭和七年（一九三二）京に没している。子規より十五歳、鼠骨より二十二歳年長ということになる。鼠骨が京都で学生時代を送ったのは、明治二十六年（一八九三）より明治三十年（一八九七）まで。このエピソードは、鼠骨が子規と対面し、また永田《ながた》青嵐《せいらん》、中川《なかがわ》四明《しめい》、若尾《わかお》瀾水《らんすい》等と交流のはじまった明治二十八年（一八九五）ころのことであろうか。だとすると、聴秋は、四十三歳、鼠骨は二十一歳ということになる。あるいは翌年か。

興味深いのは、聴秋が子規や、その仲間たちの俳句を評して、「書生俳句」と呼んでいる点である。子規が旧派宗匠たちの俳句を「月並《つきなみ》俳句」と呼んだのに対して（最初は、明治二十六年公刊の『獺祭書屋俳話』であった）、宗匠聴秋たちは子規たちの俳句を「書生俳句」と呼んで応酬していたことが窺える。

このエピソード、続きがある。聴秋から気に入られた鼠骨は、その直後、祇園の茶亭での俳句会に招かれたというのである。その時、「圧巻」だと高く評価された句が、当の鼠骨の、

垂籠めて柳に暮るゝ女かな

であった。これに対して、鼠骨自身は、これは「活動していない句」であるとして、もう一句、

脛あらは柳の出水妹かへる

の句を提出した。ところが、この句に対しては、「書生俳句でそれは落第だ」との評価を受けたというのである。「月並俳句」と「書生俳句」の違いを窺うことのできるエピソードであろう。鼠骨は「吾々の新運動は旧派の人々を動揺させたものであつた」と結んでいる。

# 大野洒竹「八声」句への批評

子規は、明治二十九年（一八九六）八月五日発行の「日本人」第二十四号より、同年十一月二十日発行の「日本人」第三十一号に至るまで、七回にわたって（第三十号には未掲載）、同誌に「文学」なる評論を連載している。同時代の和歌、俳句、新体詩、漢詩、小説等を品隲《ひんしつ》したものである。その連載第三回目、明治二十九年（一八九六）九月五日発行の「日本人」第二十六号において、前月二十日発行の「日本人」第二十五号に載っている大野洒竹《しゃちく》の一種の連作俳句「八声」に言及している。「八声」とは「角・笛・琴・笙《しょう》・簫《しょう》・砧《きぬた》・鼓《つづみ》・鐘」の、それぞれの発する音のことであり、洒竹は、各々一句ずつの俳句を作っている。

子規の批評の部分、長くもないので、左に摘記《てっき》してみる。

> 日本人二十五号載する所、洒竹の八声の中、琴鼓鐘の三句は佳なり。角は可もなく不可もなし。笛は解すべからず。うすもののと置けるは羅《うすもの》着たる人のといふ意なるべけれどさうは聞えず。吹きわたる河原といへる解せず。これと同趣向にして「笛吹いて橋渡るなり夏の月……洒竹」といふ句早稲田文学に見えたり。今自家の顰《ひそみ》に倣《なら》ふて且《か》つ拙なるは如何。笙の句は、吾が曽《かつ》て燈火春祠奏玉簫といへる詩句を訳して「灯ともして笙吹く春の社かな」

としたるを作者は見忘れて此《この》句を得しものならんか。且つ宮にて笙吹くに紙燭をともすこ
とあるべきにや、疑はし。又紙燭してとは近よりて見たる景なり。若葉かなとは離れて見
たる景色なり。此《この》撞着はます〳〵此句をして味無からしむ。簫の句平凡なり。砧の句少し
句法に巧を弄したれど猶平凡なるを免れず。

この評論「文学」の署名は、「越智處之助」となっている。「處之助《ところのすけ》」は、子規の幼名。掲載誌「日本人」は、四六倍判。今の週刊誌大の大きさである。ちなみに、第二十五号、第二十六号は、いずれも全六十頁《ページ》。そこで、洒竹の「八声」を第二十五号によって左に掲出してみる。

八声　　　　　洒竹

角　胡馬粛々角吹立つて秋高し
笛　うすもの、笛吹きわたる河原哉
琴　琴ひけよ長き夜われにうつゝなや
笙　紙蠋《（ママ）》して笙ふく宮の若葉かな
簫　簫の音や月淡うして梅かをる
砧　恋あはれ砧きく夜の月遠し
鼓　鼓うつ女の袖に春の月

鐘　除夜の鐘百八ぼうとうなりけり

なお、この号には、子規（竹の里人）の長編新体詩「父の墓」が掲出されていて、大いに注目されるが、指摘するに止《とど》める。

子規は、全八句に言及しているが、最も詳しい批評がなされている「笙」の句に焦点を絞ってみる。一句、子規が正しているように「紙蠋」は「紙燭」の誤植とみてよいであろう（「蠋」は音「チヨク」「シヨク」で、蛾や蝶の幼虫）。子規は、まず、清の朱彝尊《しゅいそん》の漢句「燈火春祠奏玉簫」を訳しての自句〈灯ともして笙吹く春の社かな〉が先行することを指摘する（子規稿「俳句と漢詩」参照）。類句であるというのである。次に「宮にて笙吹くに紙燭をともすことあるべきにや」と疑義を呈している。「紙燭」は「しそく」で、紙や布を細く巻いてよった上に蠟を塗った照明具。芭蕉句に〈夕皃《ゆふがお》の白ク夜ルの後架に帋燭とりて〉がある。「笙」は、雅楽に用いる管楽器。子規は、「宮」を神社と解しているのであろう。宮中と解した場合は、いかがか。さらにもう一つ「紙燭して」は近景、「若葉かな」は遠景、この矛盾をどうするか、と詰め寄っている。確かに、先の子規句と比べて、やや素材過多の傾向がある。その分、景がはっきりしない。洒竹は、明治五年（一八七二）の生まれ。明治二十七年（一八九四）以降の子規との交流が知られている。

# 『太祇全集』公刊の裏話

沼波瓊音《ぬなみけいおん》という俳文学者がいた。俳人でもある。明治十年（一八七七）に生まれて、昭和二年（一九二七）に没している。享年五十一。明治四十三年（一九一〇）、雑誌「俳味」を創刊、主宰している。

その瓊音の著作の一つに『此一筋』（大正二年四月、西午出版社刊）があるが、この本の「明治俳壇の回顧」の章に、正岡子規についての面白いエピソードが綴られている。少し長くなるが、そのエピソードの少し前の箇所から引用してみる。

一時明治の芭蕉と或人々から讃《さん》せられたが、決して芭蕉には到達して居なかつた。併し子規崇拝の激しかつた反動として、今日彼を軽じ謗る人があるが、いくら欠点があつたにしろ、彼は俳壇に尽した点に於て、他の何人も彼に及ばなかつた。子規は斯う云つたが、あんな事は乃公《おれ》はとつくに知つてた、など丶云先生があつても、其《そ》の先生は其《そ》の知つてる事を云はずに不性に懐手して居た。学が深くて云はない人よりは、学が浅くても云ふ人の方が偉いのである。俳諧は隠居仕事、斯う云調子が今でもあつて、為《な》さむとして為《な》さず、云はむとして云はず、唯後輩を嗤笑《しせう》（筆者注・冷笑）して居るだけの先生がいくらもある。

詰《つま》らぬことだと思ふ。子規は太祇の句集を公にした。あの原本はなんでも或老大家に借りて写したのを、其《その》主に断りなしに公にしたのださうな。それで其《そ》の先生は怒つてたとか云話を聞いたことがある。断りなしにと云点は成程子規が悪いやうだが、其《そ》の大家と交渉してグズ〱して遂に沙汰止みになるよりは、思切つて早く太祇を紹介して呉《く》れた方が、俳壇の為には幸福であつた。

瓊音は学者であるから、まんざら根も葉もないエピソードではあるまい。実に面白いエピソードであるが、少し解説を加えてみる。まず「太祇の句集」であるが、これは、明和九年(一七七二)刊、嘯山《しょうざん》・雅因・蕪村編『太祇句選』を指すと見てよいであろう。太祇《たいぎ》は、炭《たん》氏。蕪村と親交があった。子規は明治二十九年(一八九六)成立の「一家二十句」の中に太祇の句を、

やぶ入の寝るや一人の親の側
物がたき老の化粧や更衣
関越えて又柿かぶる袂哉
口切や心ひそかに聟選ひ
夜歩行の子に門であふ十夜哉

等、二十一句収めている。ちなみに、子規の蔵書目録の中には、先の『太祇句選』は記されていないので、瓊音の言うように、子規は、「或老大家に借りて写した」ものであろう。今、「老大家」が誰であるのかは、定かにし得ない。ところで、問題となるのは、瓊音が伝えている「子規は太祇の句集を公にした」の一節である。この部分を明らかにしておく。

子規は、瓊音が言うように明治三十三年（一九〇〇）二月、俳諧叢書第四編として『太祇全集』（ほととぎす発行所）を編《あ》んでいる。比較的多くの読者を獲得したようで、同年九月には、再版となっている。この『太祇全集』の巻末には、子規の論考「俳人太祇」が獺祭書屋主人の名にて掲出されている。その冒頭部中に、

太祇句選一冊は、太祇死後門人知己の輯《あつ》めたる者にして、蕪村、嘯山の序跋あり。句数僅に五百句余、選に漏れたる者多し。新選、新五子稿等にある者を合せ算すれば約九百あり。

と記されているので、瓊音が言うところの「太祇の句集」とは、間違いなく『太祇句選』ということになろう。そして、その「或老大家」蔵の『太祇句選』を無断で底本として、子規はまたたく間に『太祇全集』を公刊したということである。

# 福本日南書簡の中の異形句

子規と親交のあった人物の一人に福本日南がいる。安政四年（一八五七）に生まれ、大正十年（一九二一）に没している。子規より十歳年長であるので、陸羯南《くがかつなん》と同年。陸羯南が主宰し、明治二十二年（一八八九）二月十一日創刊の「日本新聞」の当初からのメンバーの一人。子規は、明治二十五年（一八九二）十二月一日に神田雉子町の日本新聞社に初出社しているが、この時すでに面晤の機を得ていたかもしれない。翌明治二十六年一月三日には、日南を訪ねている。子規は、明治二十八年（一八九五）五月二十三日、日清戦争従軍後の不調により、県立神戸病院に入院しているが、旅順港で会っている日南が、二十七日には、すでに見舞に訪れている。そして二十八日にも再び。子規と日南との親交を窺うことができるであろう。

日南は、ジャーナリスト、史論家。その著『元禄快挙録』（啓成社、明治四十二年十二月刊）は、よく知られている（赤穂義士事件の一部始終を明らかにせんとした書）。

その日南に、明治四十三年（一九一〇）十一月刊『日南集』（東亜堂書房）がある。その巻尾に「国風」（巻六）が据えられているが、中に明治二十九年（一八九六）の作として、子規と日南との左の酬和（詩文のやりとり）が見える。

正岡子規。患二肺疾一。憔悴日加。今春賦二誹句一曰。

紙《かみ》残《のこ》す日記《にっき》も春《はる》の名《な》残《ごり》哉《かな》

我賡歌慰レ之 同年

天地《あめつち》に日記《にき》の半《なかば》の留《とゞ》まらば書尽《かきつく》さぬもおかしかるらん。

漢字を現行の字体に改めた以外は、句点、振り仮名等、原本『日南集』のままである。「賡歌」は、「カウカ」で、他人に続いて詩歌を歌うことである。「賡」は、「つぐ」で、「續」の古字（『大漢和辞典』参照）。

子規句の前書《まえがき》は、日南によるものであろう。正岡子規は、肺疾を患っており、日々、憔悴が進んでいる、そんな中で、私に俳句を作ってよこした、との意味。句意は、「春も過ぎ行こうとしているが、日記を付けることもままならず、予定の紙数を大分残して終ってしまった」ということであろう。この子規句に対して、日南は、前書に、私は、「賡歌《こうか》」を作って子規句に和し、子規を慰める、と記している。歌意は、「天下に、もし君が半分だけ書いた日記が残っているならば、全部書き尽してある日記よりも、かえって趣《おもむ》きがあるのではなかろうか」というのであろう。子規への愛の籠った日南歌である。この時、子規は、数え年三十歳、日南は、四十歳である。

ところで、右の子規句、従来は、

紙あます日記も春のなごりかな

の句形で知られていた。例えば、子規の随筆『松蘿玉液《しょうらぎょくえき》』の明治二十九年五月四日の条には、

われはたゞ六畳の部屋にたれこめて、くやむべき程の楽みをも得《え》せず、惜むべき程の春をも持たざりき。今日の苦《くるし》みは昨日の楽みより来り、明日の楽みは今日の苦みより起る世の中に、さりとは昨日も今日も明日も、何を苦みて此世《この》にはながらへたる。あはれ又来《こ》ん春はありやなしや。

行く春を徐福がたよりなかりけり
紙あます日記も春のなごりかな

と見える。前の句の「徐福」は、長生不死の薬を求めて海に入り戻らなかった秦の方士(『大漢和辞典』参照。詳しくは『後太平記』参照)。

日南が、子規句の上五文字を「紙残《のこ》す」と記しているが、「残す」を「あます」と訓《よ》むことは、どうもできないようである。毛利貞斎著『会玉篇大全』にも「残《ザン》」は「アシ、。ソコナフ。ワケ。ノコリ。ノコル」と見えるのみ。〈紙残す日記も春の名残哉〉は、子規が日南に与えた書簡の中に見える異形句と認めてよいように思われる。

# 看護婦へ贈った俳句

正岡子規の明治三十年（一八九七）夏の作品に、

別人

来年や葵さいてもあはれまじ

がある。子規自筆の『俳句稿』の中に見える一句である。他には発表されなかった作品のようである。句末の「まじ」の「じ」の濁点は、今、私が補った。不可能、すなわち「…できまい」「…できないに違いない」「…できそうにない」を示す助動詞ということになろう。

最近、ひょんなことから一句の背景が浮び上ってきた。俳誌「馬酔木」昭和七年（一九三二）九月一日発行の第十一巻第九号中の牛山一庭人《うしやまいってい じん》（「馬酔木」の同人、昭和五十二年没、享年七十二）稿「正宗白鳥の「正岡子規論」を評す」の中に左の一節が記されていたのである。偶然とはいえ、乱読の功徳と、一人喜んだ次第である。

私の所属する「馬酔木」の編輯室には、今、子規の短冊が懸けられてゐる。

来年やあふひ咲いても逢はれまじ

曾て文藝春秋誌上に「正岡子規と看護婦」なる実話が載せられた。その看護婦が子規との長い看護から離れやうとした時、子規の愛惜が、その看護婦にこの一枚の短冊を与へさせたのであつた。その看護婦が後に産婆となつて、水原秋櫻子氏の病院に出入して、その短冊が先生に贈られたものである。

いちはつの花咲き出でゝ我眼には今年ばかりの春行かむとす

と同巧のものであるが、感傷的とも思へるほど、病人の別離の哀愁が一句の中に渾然ととけこんでゐるのを感じるのである。

ちなみに、一庭人が引く子規の歌〈いちはつの〉は、明治三十四年（一九〇一）の作であるので、切迫感がやや異なるように思われる。それはさておき、講談社版の『子規全集』の「年譜」で確認すると、明治三十年（一八九七）六月三日の項に左のごとく記されている。

六月三日（木）　今日より赤十字社の看護婦加藤はま子をたのむ。

ということで、子規句〈来年や〉の前書《まえがき》「別人」（人に別《わか》る）の「人」とは、具体的には、看護婦加藤はま子だったのである。子規自身は、同年六月三日付で叔父大原恒徳に認《したた》めた手紙の中に、叔父様〈筆者注・加藤拓川〉御世話にて岩井氏にたのみ、本日より赤十字社の看護婦をたのみ得、万事整頓致候。

と記している。この件については、当の水原秋櫻子も、昭和五十二年（一九七七）十一月発行の『子規全集』の「月報22」に寄せた「葵の句の短冊」の中で一庭人とは別の視点で〈来年や〉句に纏《まつ》わるエピソードを記している。中でも注目すべきは、秋櫻子宅を訪問した折の加藤はま子（後《のち》、稲毛はま子）の左の言葉である。

私は、正岡子規先生が亡くなられる前に、一ト月ほど根岸の御宅に看護婦として参上して居りました。それがどうしても御暇をいただかなければならぬ事情が出来たので、そのことを願い出ますと、非常に困って居られましたが、とにかく事情を認めて下さってお許しが出ました。そのときおわかれだと言って、この三枚を書いて下さったのです。（傍点筆者）

時に加藤はま子、二十歳という。〈来年や〉以外の二句は〈夏やせや牛乳にあきて粥薄し〉〈短夜のわれをみとる人うたゝねす〉の由（『子規全集　書簡二』の注参照）。ちなみに、子規は、明治三十年（一八九七）七月十六日付で、加藤はま子宛に手紙を認めている。結びは「二、三日中には遠いところへおいでなされ候よし」。

# 子規の「朝顔」句の補訂

私は、平成二十三年（二〇一一）十二月二十五日発行の「子規博だより」第三十巻第三号に「子規と『なじみ集』と類句と」なる小論を寄せている。『なじみ集』中の類句について言及したものだが、その際、見落としていた子規書簡があったので補訂しておく。

小論の話のとっかかりとして注目したのは、明治三十一年（一八九八）九月十九日付で河東碧梧桐に宛てた子規の左のごとき短い手紙。

朝顔の入谷根岸の笹の雪

右の句は、小生に類句あり。至急御改作の上、御送り被下度《くだされたし》。但し作者は分からず。

根岸　子規

発端は、同年十月十日発行の「ほととぎす」第二巻第一号に掲載すべく、碧梧桐、高浜虚子の両人に語らって「朝顔十題」を二人に課したことにある。十題とは「赤・白・藍・紺・柿色・蕾・実・垣・鉢・松」である。先の〈朝顔の〉は、子規の口吻よりして碧梧桐句だったのではないかと思われる。子規は、明治二十六年（一八九三）三月十八日付「日本」に発表の自句、

　　　蕣の入谷豆腐の根岸哉《かな》

と、先の碧梧桐句と思われるものが「類句」の関係にあるので、改作を命じたのである。話は、ここからである。私は、碧梧桐句、先の十題の中の「鉢」をテーマとしてのものだと推定したのだったが、誤りだった。私の粗忽で見落していた子規の手紙があった。その手紙の中にこの件のいきさつが明記されていたのである。ここに訂正する次第。その前に、一つ。碧梧桐に宛てた書簡と同日の明治三十一年九月十九日付で虚子にも手紙を認《したた》めており、その追伸部分に、

　朝皃の入谷根岸の笹の雪
ハ小生類句あり候間、至急御かへ被下御送被下度候。尤秉公（筆者注・碧梧桐）にも通しやり候。

と記している。碧梧桐書簡は「類句」改作の要件のみ。虚子書簡の要件は、牛伴、不折の装画の件。「類句」については、右のごとく追伸で。子規も〈朝顔の〉の句、碧梧桐作と睨んでいたのではないかと思われる。そこで、この「類句」問題が一挙に解決してしまう書簡である。明治三十一年（一八九八）九月二十一日付虚子宛子規書簡の中に左の一節があった。

朝顔十題の内、入谷はやめにして、「実又は種」と改めた。至急御改作被下度候。秉公にも通した（此《この》改めたわけは、貴兄だち入谷を御存じなきものと存候故なり）。

ということだったのである。すなわち、元来は、「十題」の中に「入谷」が入っていて、〈朝顔の入谷根岸の笹の雪〉は、「入谷」の題で作られたもの二句中の一句だったというわけである。ところが、子規に言わせれば、碧梧桐も、虚子も入谷の朝顔をよく知らない、というわけである。『新撰東京歳時記』（明治三十一年二月刊）に「牽牛花《あさがほ》は此月《この》（筆者注・七月）十日過より開き始むるを常とす。諸所此《こ》の園を設くと雖も其《その》繁華なるは入谷を以て第一とす」と記されているところの入谷の朝顔を、である。そこで「題」を急遽「入谷」から「実又は種」と改めたので、二人とも再挑戦するように、ということになったのである。「ほととぎす」第二巻第一号（明治三十一年十月十日発行）掲載の「朝顔句合」中の、左の碧梧桐、虚子の二句こそが、新たに作られたものだったのである。判詞は子規。

朝顔の実や零落の儒者の髭　　碧梧桐
朝顔や蕾のそばに実は青し　　虚子

儒者の髭とは実の髭の如きにちなみたるかあらぬかおぼつかなし。過去の花と未来の花と形を異にして並びたる後句の趣は手柄なきに非ず。後句勝なり。

子規の判詞を待つまでもなく虚子の「写生」句に軍配を上げるべきであろう。子規自身は、

朝顔の種を干す日や百舌の声　　子規

の一句を披露している。

# 子規と横書き俳句――折井愚哉著『廿五年』を読む――

子規門の俳人に折井愚哉《おりいぐさい》なる人物がいる。明治四年（一八七二）に生れ、昭和九年（一九三四）、数え年六十四歳で没している。岡山県出身。画家でもある。例の子規編の子規門の秀句集《アンソロジー》『なじみ集』（明治二十八年成）を繙《ひもと》くと、五十句が収録されている。『なじみ集』収録作家九十八名の中でも、少ない句数の作者ではない。子規の愚哉に対する関心の高さが窺えるであろう。私の好きな五句を左に示してみる。

尋ね来て主なき家の秋の夕
川端の淋しくなりぬ九月尽
たそがれのしぐるゝ寺の静か也
しぐるゝや緑の中の赤鳥居
石壇に落葉つもれる社哉

その愚哉に『廿五年』なる著作がある。大正十二年（一九二三）十一月廿五日の発行。私家版である。表紙の題字は、中村不折が揮毫している。面白い書名であるが、これは愚哉の結婚二十五年、すなわち銀婚式の記念として編《あ》まれたものであることから。それゆえ、口絵の一つとして、新婚の折に子規が愚哉に与えた一句、

愚哉君新婚

むすびおきて結ぶの神はたびたちぬ　規

の短冊が掲げられている。この句、講談社版『子規全集』では、『俳句稿』を典拠とし、明治三十二年（一八九九）冬の作品として、

愚哉新婚

結びおきて結ぶの神は旅立ちぬ

と示されている。用字の違いは問題にならないとして、私が注目したいのは、前書《まえがき》。愚哉に与えたものには「愚哉君新婚」とあり、『俳句稿』（『子規全集』）では「愚哉新婚」とあるのである。「君」一字ではあるが、この違いは大きい。私のいわゆる「晴《はれ》」と「褻《け》」の問題である。この句の場合には、新婚祝としての短冊の方、すなわち「褻《け》」の世界の作品が主目的であるので「君」の尊称が添えられているのである。この句について、愚哉は、『廿五年』の中に左のごときエ

ピソードを伝えている。

私が紀州田辺中学に奉職して居つた当時、妻を貰つた通知をしたら、先生から態々《わざわざ》小包便を以て新婚祝が来た。其物品はおかめの面とひよつとこの面とを松鶴の金巻《（ママ）》絵のある角な塗盆に乗せて『むすびおきて結ぶの神はたびたちぬ』といふ句の短冊を添へてあつた。（中略）其後上京して先生を訪問した時、婚礼祝の礼を陳べた処が、先生は折々あんな滑稽な事をして人から恨まれたりして失敗する事があると云つて笑つて居られた。

祝意の中にも悪戯《いたずら》好き、滑稽好き（ちょっとエロチックな）な子規の一面を窺うことができ、興味深いエピソードである。

ところで、『廿五年』の中で私が特に注目したいのは、左のエピソード。

大阪の俳人故水落《みずおち》露石《ろせき》君が上京された時に、根岸庵に会合した。其席上露石君が書画帖を出されて同人に揮毫を請はれた。私も岩に波か何んか書いて『荒磯に初日の松の枝寒むし』といふ句を上部に横一文字に題した処が、先生はそれを見てあゝいふ風に横に字を書く事など自分など思ひもつかぬ事であるといつて居られた。

愚哉が伝える子規の口吻《こうふん》から、子規は、横書きに書かれた愚哉の俳句を見て、明らかに興味を示していると見てよいであろう。少なくとも、否定していない。横書きの俳句といえば、かつて黛まどかさんの主宰した『月刊ヘップバーン』が嚆矢《こうし》ということになろうか。私などは、その折、大いに疑義を呈したことであったが（日本語の表記という点で）、子規が生きていたとしたら、意外と面白がったのではないかしら、などと思われてくる右のエピソードである。とにかく、子規は、あらゆる事象に対して、すこぶる柔軟な姿勢で臨んでいる。これは、すごい。

# 子規庵句会の空気

「アラレ」という俳誌がある。日本派系の俳誌である。創刊は、明治三十五年（一九〇二）三月。中山稲青《なかやまとうせい》、中野三允《なかのさんいん》、鈴木芋村《すずきうそん》が中心となって埼玉県で創刊、明治四十二年（一九〇九）、発行所を東京の俳書堂に移している。明治四十三年（一九一〇）六月終刊。その「アラレ」第六巻第六号（明治四十二年六月、俳書堂発行、編集兼発行人は、中山健三郎、すなわち稲青である）に小風なる人物によっての「俳諧古手帳」なるエッセイが載っているが、このエッセイの中に岡本癖三酔《おかもとへきさんすい》の伝える子規のエピソードが見えるのである。

それを紹介する前に、まず著者である小風から。明治四十二年（一九〇九）五月刊『現今俳家人名辞書』を繙《ひもと》くと、そのプロフィールが明らかとなるので、そのまま左に引き写しておく。

小風　荻田才之助

横浜市西戸部町山王山税関官舎三十九号。横浜税関在勤。早稲田専門学校文学科に遊ぶ。別号荻迺家。明治十一年九月五日生。出生地富山県下新川郡荻生村。

炉開や二位の局を上客に

蕎麦刈ツて農事納むる山家哉

蕪村忌に欠くる一人や旅にあり
月島へ止めの渡しや小夜千鳥
牡蠣むくや海嘯の跡の小屋住居

ちなみに「小風」なる俳号であるが、自身が同誌の中で「普通ならば自姓荻田の荻に対して何《ど》うしても上風と行かねばならぬところであるが、それではあまりにも月並過ぎるところから、小風位のところに止めて置いたのだ」（「雅号の由来」）と語っている。
そこで小風が「俳諧古手帳」（「標準が違つて居る」）の中で伝える子規のエピソードである。

嘗て癖三酔子の話に「子規子在世の根岸庵の運座と来ては、現時の乱雑さに比較しては何方《どちら》かと言へば整然たるものであツたよ。第一、時間なんどの如きも、一度子（筆者注・子規）の口から「サア締切〱」との一声が洩るゝと同時に、一座ピタリツと句案を中止したものだ。加之《しかのみならず》、読上の際の如きは、偶《たま》ま拙劣な句や、下品な句にでも接せられやうなものなら「一体誰だ、這麼《こんな》拙い句を作ツたものは」だの「下品な句だな」などゝ其面《おもて》を顰《しか》められるのが常であつて、偶ま濱斥（筆者注・ここでは批判といった感じ）の的となツた句が自分のでもあらうものなら、不思冷汗《おもはず》を流したものだからね」といふ、運座に就ての述懐があツた。

エピソードを伝える岡本癖三酔の生年には、少々問題があるようである。癖三酔生前の『現今俳家人名辞書』、『現代俳人名鑑』（素人社、昭和元年十二月刊）等は、明治十六年（一八八三）の生まれとしている。が、没後は、最近の『俳文学大辞典』（角川書店、平成七年十月刊）に至るまで、明治十一年（一八七八）生まれということになっている。この経過については、大塚毅編著『明治大正俳句史年表大事典』（世界文庫、昭和四十六年九月刊）に詳しい。それはともかく、癖三酔、子規晩年の門人ということになる。

今日、明らかな癖三酔の子規庵句会例会への参加は、明治三十三年（一九〇〇）十月十四日に行なわれた最後の例会のみである。これ以降は、子規の病状悪化のため中止となっている。この時の印象がよほど強くて、先のような体験談となったものか、あるいは、これ以外の子規庵での句会にも参加の体験があったのかは、定かでない。

が、この癖三酔の体験談から子規庵での句会のピリッと張り詰めた空気が、今日においても十分に伝わってきて貴重である。子規は、句評においてもかなり厳しい指導をしていたことが窺われ、興味深い。

## 『分類俳句全集』は子規の命名か

正岡子規は、明治三十一年（一八九八）八月二十一日付の「日本新聞」に短歌「われは」八首を発表している。その中の一首に、

吉原の太鼓聞えて更くる夜にひとり俳句を分類すわれは

がある。この時の子規の住居は、下谷区上根岸八十二番地である。歌中の「吉原」は、浅草の新吉原。子規の住居とは、指呼の間とは言わないまでも、吉原での遊興の太鼓の音は聞こえてきたであろう。子規は、上京直後、吉原で遊んだ経験があった。柳原正之（極堂）は、昭和三年（一九二八）九月十九日発行の「日本及日本人」（正岡子規号）所収のエッセイ「子規の青年時代」の中に、

或晩《あるばん》、居士は私の下宿をたづねて、君は吉原に遊ぶさうだね、僕を今晩その吉原へ案内して呉れ給へと言ふ。実際私は、二、三度先輩につれられて吉原に遊んだのだから隠す訳にゆかぬ。遂《つひ》に居士の懐中をあてに二人で吉原へ出かけた。

と記している。子規の吉原初体験の日を報じている貴重な記述である。が、明治二十九年（一八九六）よりは臥褥《がじょく》の生活。そして、そんな中で、子規は、孜々《しし》として「俳句分類」に励んでいたのである。それを明らかにした労作が、和田克司氏の論考「正岡子規の俳句分類日付別項目一覧　上・下」（昭和五十四年三月、五十五年三月発行「大阪成蹊短大紀要」第16・17号所収）である。同論考によれば、明治三十一年（一八九八）八月は、ほぼ毎日のように「俳句分類」に勤《いそ》しんでいる。先の歌からは、そんな勤勉家子規が髣髴とする。

その「俳句分類」（俳諧の発句の多視点よりの分類作業）であるが、子規生前は、子規自身「俳句分類」の呼称で通している。ところが、この稿本のままで残された子規の偉業、昭和三年（一九二八）三月二十五日より、翌四年九月二十日まで、全十二巻として、アルスより出版されているのである。第一巻巻末部に「校訂」者として高浜虚子、河東碧梧桐、寒川鼠骨の名が記されている。「装幀」は、恩地幸四郎。それはよいのであるが、「題字」が正岡子規となっている。背表紙に「分類俳句全集」と楷書で記されており、扉の部分には草書体で「分類俳句全集」と二字ずつ三行に記されている。これが子規によるものというのである。確かに子規の筆である。が、集字（別々に書かれた文字を集めて一つに構成すること）ということも考えられる。この全集の体裁、四六判、天金、金茶色塩瀬羽二重《しおぜはぶたえ》表紙。これとは別に「紺青の絹紡」表紙の普及版も出版されたようであるが、未見。

私の手もとには、最初の予約募集のパンフレットと普及版の予約募集のパンフレットの二種類のパンフレットがある。まず、最初の予約募集のパンフレットを見てみると、惹句の中に左のごとき注目すべき記述が目に入った。

分類俳句全集といふ名称も子規自身が命名してゐたので、何でもかでも全集全集、全集でないものまでも全集と名前をつける現代式とは少し訳がちがひます。これによつて見てもこの事業に対する子規の抱負の一端が窺はれます。

この文章を綴っているのは、「校訂」者三名の中のいずれかであることは間違いない。同郷（伊予）最年少の鼠骨ではあるまいか。それはともかく、『分類俳句全集』は、子規が生前に命名していた名前だというのである。これは驚きである。従来、聞いたこともなかった。また、別の箇所には、

題字は子規居士が生前書き残された筆蹟そのまゝを用ゐ（下略）。

と見えるのである。そして、普及版の予約募集のパンフレットには、「子規居士自筆の題字」として背文字の「分類俳句全集」の筆蹟が写真版で掲げられているのである。なんと、なんと。

## 子規の「写生」の正確さ

子規周辺には、子規と直接対面した体験を持ちながらも、今日、ほとんど知られていない俳人が少なくない。小林臍斎《こばやしせいさい》もその中の一人であろう。明治四十二年（一九〇九）刊『現今俳家人名辞書』（紫芳社）を繙《ひもと》くと、

臍斉（ママ）　小林宗平

栃木県下都賀郡栃木町万二ノ一三二

と見えるので、栃木住の俳人であったことがわかる。講談社版『子規全集』によれば、明治四年（一八七一）生まれ、昭和二十七年（一九五二）に没している。その臍斎が子規とのエピソードを綴っているエッセイ「初めて根岸庵を訪ひし時の思ひ出」が収録されているのが、大正六年（一九一七）九月発行の「俳諧雑誌」（俳書堂）九月号（子規追憶号）である。この年は、子規没後満十五年に当たった。「俳諧雑誌」は、俳句総合誌的雑誌。編集者は、籾山《もみやま》梓月《しげつ》。

臍斎は、同エッセイを、

私が始めて居士をお訪ねしたのは、明治三十三年の一月。

と書きはじめている。この時、上根岸八十二番地の子規庵に辿り着くのに大分難儀をしたらしい。そんな様子が綴られている。が、私が、今、注目しようとしているのは、左の記述である。

話の絶え間に居士は枕頭にあつた行李の蓋を取られた。と見ると、中は句稿で一杯になつて居た。其中を探つて一枚の葉書をお出しになつた。夫《それ》は私がお送りした火鉢の句であつた。句のうちに―蒔絵の火鉢かな、といふのがあつた。居士は蒔絵した火鉢があるかネー、とおたづねになつた。私は言下に、在ります、と答へ得る程の根拠を持つて居なかつた。唯、漠然な記憶に拠つて作つたのであるので、済まぬ事をしたと思ふと、強い〳〵力をもつて押し付けられた様に恐しく感じた。しかし他の句に付て批評して下さる時には、実に懇切を極めた。どうしても俳句は忠実な写生で行かねばダメだ、と例を示して諄々として説いて倦まぬといふ左様には、誠難有《ありがたく》、嬉しく感ぜぬ訳にいかなかつた。

子規の「写生」に対する厳しさと、懇切さが二つながら直截《ちょくせつ》に伝わってくるエピソードである。結論から言えば、「俳句は忠実な写生で行かねばダメだ」ということである。その具体例として示されたのが、臍斎の句の中の「蒔絵の火鉢」である。臍斎にとって、子規の「蒔絵した火鉢があるかネー」との言葉は、威厳に満ちて聞こえたことであろう。臍斎は「言下に、在ります、と答え得る程の根拠を持つて居なかつた」ので、明快な回答ができなかったようである。残念なことをした。今、小学館の『日本大百科全書』を繙《ひもと》いてみたところ、「火鉢」の項にカラー写真で「蒔絵桐火鉢」(明治~大正時代)が掲出されていた。「蒔絵の火鉢」は、あったのである。子規は、実見していなかったのであろう。それはともかく、今日においても「忠実な写生」が要請されることは言うまでもない。

このエピソードは、

数多い句稿中に混つて居る私の貧しい〳〵句稿を覚えておいでになつて、苦もなくお取り出しになつて、懇篤に批評して下さる事を勿体ないと思はぬ訳にいかなかつた。

と結ばれている。臍斎の、子規との初対面の感動が伝わってくる。そして、エッセイ「初めて根岸庵を訪ひし時の思ひ出」は、左の一文をもって閉じられている。子規の誠実さ、やさしさが偲ばれる。

お暇《いとま》せうとすると、居士は何処に泊つて居るのだとおたづねになる。日本橋小網町ですと、お答へすると、居士は妹君にお言付になつて、俥を頼んで下された。御母堂と妹君は玄関まで送られる。恐縮して門を出ると、俥屋は、膝掛を拡げて待つて居る。俥屋が今、梶棒をあげる時、居士のお咳が聞こえた。

柿くふも今年ばかりと思ひけり　子規

この句の柿は、柿好きの子規に、臍斎が毎年送っていた「きざ柿」。

## 子規の推敲――『仰臥漫録』中の一句――

私が言うところの「純粋読者」は、一般的には、俳句作品の成案句形を鑑賞の対象とするわけであり、その推敲過程にはあまり関心が及ばないであろう。そればかりか、我々研究者ですらも、作者の彫心鏤骨《ちょうしんるこつ》の様子が窺える推敲過程を看過してしまっている場合がある。

例えば、子規の場合。今日、私たちがかなりの信頼を寄せて繙《ひもと》くのは、講談社版の『子規全集』全二十五巻であろう。監修は正岡忠三郎、大岡昇平、司馬遼太郎、ぬやま・ひろし、編集は、服部嘉香、久保田正文、和田茂樹、蒲池文雄が当っている。

この『子規全集』の第十一巻は「随筆一」であり、これから注目しようとしている『仰臥漫録』は、この巻に入っている。『仰臥漫録』の明治三十四年（一九〇一）九月十七日の条に左の俳句作品が見える。『子規全集』の漢字を現行の字体に改めて引いてみる。

節ヨリ送リコシ栗ハ実ノ入ラデ悪キ栗也

真心ノ虫喰ヒ栗ヲモラヒケリ

『仰臥漫録』の明治三十四年（一九〇一）九月九日の条には、

長塚ノ使栗ヲ持チ来ル　手紙ニイフ　今年ノ栗ハ虫ツキテ出来ワロシ　俚諺《りげん》ニ栗ワロケレバ其年ハ豊作ナリト　果シテ然リ云々

と見える。八日前のことである。この時の栗のことか、あるいは、後日、再度、長塚節より子規のもとに栗が送られたものか、定かでない（ちなみに、長塚節が子規にはじめて会ったのは、明治三十三年三月二十八日のこと）。

ところで、平成十四年（二〇〇二）、子規自筆本が、五十年ぶりに出現したことで話題となった『仰臥漫録』であるが、はやく大正七年（一九一八）九月十九日、岩波書店より木版により複製が出版されている（彫刻者前田剛二と見える）。最近、それを入手し得たので、今まで架蔵していた岩波書店が昭和五十八年（一九八三）十一月二十一日に出版した前者の複製本を座右に置いて、かなり気楽に繙読している。これとて決して廉価なものではないが、大正七年版を前にすると、気分的にかなり楽に活用できる。

その複製本によれば、先の明治三十四年九月十七日の条の〈真心ノ虫喰ヒ栗ヲモラヒケリ〉は、成案であり、この句形に至るまでに三度の推敲が為《な》されているのである。講談社版の『子規全集』は、成案のみを活字化しているのである。このあたりに活字本の限界があるわけである。

件《くだん》の〈真心ノ〉の一句、子規自筆の複製本によれば、まず、

ナカ〳〵ニ虫喰ヒ栗ノ誠カナ

の句形で誕生したのである。ところが、この日、前日九月十六日に石巻の佐野野老なる俳人より小包便で届いた梨（長十郎）に対して、

吾ヲ見舞フ長十郎ガ誠カナ

の一句を詠んでおり、さらに、その前日、九月十五日に大阪の松瀬《まつせ》青々《せいせい》より送られてきた奈良漬に対して、

奈良漬ノ秋ヲ忘レヌ誠カナ

と詠んでいるのである（掲出順）。到来物に対する謝意を表しての挨拶句であるが、子規自身、さすがに下五文字に三度《みたび》「誠カナ」と置いたことが、少々気になったのであろう。そこで〈ナカ〳〵ニ〉の句を、

真心ノ虫喰ヒ栗ヲ贈リケリ

と推敲している。ただし、「贈リケリ」の主体は、長塚節。意味としては、贈られたことよ、とあるべきであり、この表現も不十分。ということで、この句を更に、

**真心ノ虫喰ヒ栗ヲモラヒケリ**

と推敲したのである。このこと、自筆の複製本を繙くことによって、はじめて明らかとなるのである。小さな、しかし興味深い新出句、発見の報告まで。

## 子規門人の「評判記」

「ホトトギス」の第五巻第六号、すなわち明治三十五年（一九〇二）三月十日発行号に無署名のエッセイ「俳諧評判記」が載っている。子規門人の人物評判である。

例えば、虚子については、冒頭で、

虚子は近頃、妙なわからない句を取るが、それもよいとした所で、商売に身が入つて、句作の方は大方お留守だ。其句を見給へ、句作が下手になつたと言はれても致方ない。

と記されている。虚子の「商売」とは、出版書肆俳書堂の経営。例えば、子規の『俳句問答』、『四年間』、子規、鳴雪等の『蕪村句集講義』等、俳書堂からの出版である。子規の生前から虚子には「俳句が下手になつた」との評判が立っていたというのである。さらに末尾の部分でも、

虚子の花葵に出て居る句評とかいふものは、筆者のわるいせいかも知らぬが、其口《その》調がいかにも宗匠地味とる。それではいきませんねえ、と来るからなア。

俳誌「花葵」については、角川書店『俳文学大辞典』の永方裕子《ながえひろこ》氏の「花葵」の項の解説が貴重。明治三十四年（一九〇一）八月、入山正親によって神戸で発行された雑誌という。そこにおける虚子の「口調」が、「宗匠」風だというのである（大家ぶって尊大だというのであろう）。「俳諧評判記」、他に青々、格堂、露月、紅緑等々が俎上に載せられている。

この「俳諧評判記」の舞台裏を明《あ》かしているのが碧梧桐のエッセイ「月並論」（昭和十九年六月刊『子規の回想』昭南書房、所収）である。碧梧桐は、明治三十五年（一九〇二）一月十二日に下谷区上根岸町七十四番地に転居している。そのことによる子規との関係の変化を碧梧桐は、右のエッセイの中で、

　子規と私の間に自然に意見の疏通を見たものがあり、私の不平を或点まで肯定する黙契もあつた。それは私が根岸に住んで、三日に一度は対談する機会を得た、彼此《かれこれ》接近の賜物であつた。

と綴っている。そして「俳諧評判記」について左のように記している。

　肺腑を吐露する対談は、日に〱彼撃ち我鼓する底の興趣が湧いた。それを単に子規と私の二人きりのものにして置くのは惜しい、イヤ勿体ない。広く同人にも味はせたらいゝだ

らう、といふのが「俳諧評判記」――ほとゝぎす五巻六号――であつた。子規と私の合作で、文章は私が書いた。(中略)楽屋落ちである許りか、人を侮蔑し毒づくやうなものは困るといふ非難が出て、もつといゝ種が沢山とつておきになつてゐたにも関らず、一回切りで中止させられた。若し「評判記」がよくないといふなら、子規もまア同罪なんだ。(傍点筆者)

ということで、子規の方も「ホトトギス」五巻八号(明治三十五年五月二十日発行)掲載のエッセイ「病牀苦語」の中で左のように弁明している。

あの文章は、いくらか書き様に善くない処があつて、徒らに人を罵詈《ばり》した様に聞こえたのは甚だ面白く無かつた。併《しか》し仲間同志の悪口をいふたといふ事に就ては、予は何処迄も責任を帯びてをる。元来悪口をつく事は善く無い事であるが、去りとて陰でばかり悪口をついてをるのは尚《なほ》善くないと思ふ。其処《そこ》で悪口は悪口としてさらけ出して見たのは善いが、さうなると又弊害の出来る事もないではない。(傍点筆者)

碧梧桐は「合作」を主張し、子規は、碧梧桐の「書き様」が悪いといっている。この時期、子規と碧梧桐の関係が、その俳句観を中にして、ややぎくしゃくとしていたようである。子規は虚子評判について「一座の滑稽話し」として一笑に付している。

## 碧梧桐の子規俳句「月並」批判

河東碧梧桐が没したのは、昭和十二年（一九三七）二月一日。享年六十五。没後の昭和十九年（一九四四）六月十日、『子規の回想』（昭南書房）なる著書が出版されている。昭和九年（一九三四）二月に出版の『子規を語る』（汎文社）に「続篇」を追加したもの。その「続篇」中のエッセイ「月並論」は、碧梧桐が子規の「月並」を批判した内容として大変興味深い。

発端は、明治三十四年（一九〇一）四月二十一日付の「日本新聞」に発表された子規の「山吹」五句中の左の二句。

山吹やいくら折つても同じ枝
山吹や何がさはつて散りはじめ

碧梧桐は、この二句に対して「月並」ではないかと、質《ただ》したようである。それに対して、子規は、「日本新聞」に連載中の「墨汁一滴」の同年四月二十五日の条において、早速、それを話題にしている。冒頭、左のように記されている。

碧梧桐いふ、

山吹やいくら折つても同じ枝　子規

山吹や何がさはつて散りはじめ　同

の二句は月並調にあらずや、と。（中略）

「山吹や何がさはつて」の句を、其《その》山吹を改めて、

夕桜何がさはつて散りはじめ　（碧梧桐）

となさば、月並調となるべし。こは下七五の主観的形容が桜に適切ならぬため、ことさらめきて厭味を生ずるなり。

この一件につき詳説しているのが、先の碧梧桐の「月並論」である。まず、左のごとく記す。

子規は一般投句者の月並化を警告しながら、こんな作例を示すとは、甚しき矛盾だ。（中略）露骨に言つてしまへば、二句とも極印《ごくいん》つきの月並だ、といふので、私は直ぐ子規に手紙を書いて、教を乞ふといふより、むしろ詰問的な蕪辞《ぶじ》を並べた。其《そ》の返答が同廿五日の「墨汁一滴」に出た。

子規の唱えた「月並」に関して、碧梧桐との間で、この時点（子規の最晩年と言ってよいであろう）で、こんな遣り取りがあったということは、大変興味深い。碧梧桐の両句に対する考えは、こうである。

山吹の「いくら折つても同じ枝」は、山吹の枝を折る動作の具象化でなくて、さういふ動作を想像する抽象化である。（中略）この句が一体何を具象化するかと言へば、山吹の相似た、いくらか彎曲した枝ぶりでもなければ、地から生えた其《そ》の姿態でもない。又た枝を沢山折り持つた人の容子でもない。それらを裏面から想像せしめる或る観念的なものだ。其《そ》の観念の中には、皮肉に言へば、山吹を愛する気持が、それとなく含められてゐるかも知れない。さういふ抽象観念以外、或る具象化したものを持たないのが、月並の常套手段なのではないか。若《も》しこの句から、動作の具象化と感情の表面化が、仮りにも享け容れられるといふのなら、それは又た別の議論になる。「何がさはつて散りはじめ」も、散りはじめた花の具象化より、山吹は散り易い花だといふ抽象観念の方が強く響く。「何がさはつて」がこの場合に月並なのだ。

子規が「主観的形容」とする表現が、碧梧桐にあっては「抽象観念」となるのである。そしてそのような表現は「写生道から言つても聊《いささ》か邪道」と断言するのである。この議論、すこぶ

る興味深い。子規が選ぶ作品に対しても、

成るべく穏やかに、すら〳〵と、言葉の工みを避けようとするのが、どれもこれも毒にも薬にもならない、噛みしめる味ひのないものになつてゐる。

と批判している。子規の「月並」論、碧梧桐の視点より、もう一度検討し直す必要があろう。

## 中野三允の子規俳句評――〈大三十日愚なり〉

中野三允《なかのさんいん》なる俳人がいる。明治十二年（一八七九）、埼玉県北葛飾郡幸手《さって》町の生まれ。子規門。明治三十二年（一八九九）一月二十五日の子規庵句会（根岸草廬句会）に初めて参加している。明治三十五年（一九〇二）三月に俳誌「霰」（のち「アラレ」）を創刊、主宰している。その「アラレ」誌の第六巻第十一号（明治四十二年十一月発行）に掲載の三允稿「子規句集講義雑感」の中に、『子規句集』中の一句にかかわって左の記述があり、興味を惹かれる。

自題小照

大三十日愚なり元日猶愚なり

といふのであるが、其席上（筆者注・「子規句集講義」の席上）一言して置いた通り一茶句に、

還暦

春立つや愚の上に又愚に返る

としてあるのを見ては何《ど》うであらう。句の品位は子規の方がよいやうであるが、已《すで》に一茶の句があるとしては、入選の際に大に考へなければならぬものと思ふ。両選者（筆者注・碧梧桐、虚子）は一茶の句が念頭に浮んで居たか何《ど》うか、浮んで居ても尚《なほ》取る価値があつ

たから取つたのだとすれば、それも一個の見識故不服はいはぬ、寧ろさうあつて欲しい。只《た》だ余は明治三十四年の新春にかういふ句を子規が詠んだといふこと丈《だ》けは遺《のこ》したく思ふが、虚碧共選の巻頭に置く句としては物足らぬ感じがしてならぬ。

これは、明治四十二年（一九〇九）六月刊、碧梧桐・虚子共編『子規遺稿子規句集』（俳書堂籾山書店）に対して、明治四十二年九月十三日夜より老梅居（鳴雪宅）にて開始された「子規句集講義」にかかわっての三允の見解である。「子規句集講義」は、「ホトトギス」第十三巻第一号（明治四十二年十月一日発行）よりスタートしている。当日の席上、右でも発言しているように、三允は、一茶に類句があることを指摘している。が、当時、問題にされなかったので、改めて「アラレ」誌上に右のごとく記したものであろう。

子規が一茶の件《くだん》の句を知っていたことは、自らが「一茶の俳句を評す」なる一文を寄せている子規校閲、宮沢義喜・宮沢岩太郎編『俳人一茶』（三松堂・松邑書店、明治三十年七月刊）に一句が収録されていることから間違いない。この書によって碧梧桐や虚子も、当然、この句を知っていたと思われる。

子規句の前書《まえがき》中の「小照」は、小さな肖像画、写真の意味である。このことについて、「子規句集講義」の中で、柴浅茅《しばあさじ》が、之《これ》は三十四年の句だから、三十三年の蕪村忌に先生一人写した最後の写真に題したものであらう。三十四年の新年に行つた時、其《その》写真を見せて、「どうだい生きてゐる人間に見えない、まるで木像見たやうぢやないか」と云つて内々大に喜んで居られた。

と発言していて、大いに注目される。この発言を受けて、五百木飄亭《いおきひょうてい》は、

さう〳〵そんな事があつた。羅漢のやうだと云つて大分得意らしかつた。成程あの写真の句かな。

と応じている。根岸の写真館春光堂が来て撮影した例の横顔の子規最後の写真である（講談社版『子規全集』別巻二の口絵に掲出されている）。

ところで、三允が気にしている子規句と一茶句との関係であるが、一茶句が還暦と一年の経過という間隔との重なりにおける感慨を述べているのに対して、子規句は、一茶句を意識しつつも、一枚の「小照」を二日続けて見ての感懐であるので、三允がこだわるほどには、その類似性、こだわらなくていいように思うが、いかがであろうか。子規句の方が洒脱であろう。

## 子規の別号「歌玉乃舎《うただまのや》」――伊藤左千夫の歌

最近手に入れた「心の花」第五巻第十を繙《ひもと》いて驚いた。巻頭第一頁に伊藤左千夫の左の歌が載っていたのである。今、句読点はそのままに（実際は、読点のみ）、漢字を現行の字体に改めて左に引き写してみる。改行は、「心の花」のまま。

讃正岡先生歌并短歌　　　　　　左千夫
大八洲、国の最中の、豊旗の、豊嶋の岡に、
宮柱、大《（太）》敷たて、神ながら、神さびいます、
大王の、御代のかざしと、天地の、千万神
の、神業に、造りましけむ、呉竹の、根岸の里
の、歌玉の、奇しき御玉は、見る人の、人の
まに〳〵、見る時の、時のまに〳〵、八千色
の、千色の光、朝日子の、かゞやく如く、夕
月の、い照るが如く、天か下、仰ぎ尊み、万
世に、云ひつぎゆかむ、大御代の、かざしの

玉の、歌津御玉は、

反歌

大御代のかざしの玉と万世にいてりかゞやく歌津玉かも、

まず、驚いた理由であるが（これは私の無知によるもので、「心の花」が竹柏会の機関誌だと思い込んでいたことにもよる。竹柏会の機関誌となったのは、明治三十七年一月からの由。講談社版『日本近代文学大事典』参照）、「讃正岡先生歌并短歌」がまるまる一頁を費して、巻頭に掲げられていたことである。が、さらに仔細に見ていくと、この「心の花」第五巻第十が発行されたのは、明治三十五年（一九〇二）十月一日。すなわち、同年九月十九日に没した子規の追悼号ということだったのである。大々的に追悼号とは銘打っていないものの、子規の陸羯南宛の歌論的書簡を掲出し、また、子規の辞世三句を報じ、巻末には、「正岡先生小伝」を掲げている。「編輯兼発行人」の「森田義良」は、子規門の歌人森田義郎の本名である。

そこで左千夫の作品そのもの、長歌と短歌に目を転ずるならば「歌玉」「御玉」「歌津御玉」「かざしの玉」「歌津玉」等の言葉において多用されている「玉」なる措辞が気になるところである。念のため昭和五十二年（一九七七）一月刊『左千夫全集』（岩波書店）で確認すると、同歌の初出は明治三十五年九月二十四日付「日本新聞」、そして歌の前に左の詞書《ことばがき》が付されているというのである。

> 明治三十三年の秋いまだ残暑の頃なりき、一日夕かけて訪ひまゐらせしに、常ならぬ御苦み、いたはしさ心細さ手に汗を握りけるが、やゝありて暫しまどろませ給へる間に、何か慰め奉らばやと詠て奉りたるものゝ面白しとの御詞もありけるを当時世に示すは聊《いささ》か穏ならず、思ひしまゝひめ置けるなりけり、先生かつて戯れに歌玉乃舎といはせ給ひたることあり歌是によりてなる。

この詞書(説明文)によって左千夫が「玉」なる措辞を多用している意味が氷解する。「心の花」は、この詞書を省略しているので、純然たる追悼歌のごとき印象をうけるが、実は、子規生前、明治三十三年（一九〇〇）初秋には作られていたのであった（八月二十二日か）。なお「日本新聞」では「御代のかざしと」が「御代の光と」、「朝日子の」が「朝比子の」となっている他、（一）「歌津御玉は。」「歌津玉かも。」と、読点が句点となっている。

最後に子規の号（戯号ということであるが）「歌玉乃舎《うただまのや》」は、従来注目されることのなかった雅号である。和田克司氏の労作「三期に分けて見た子規の雅号一覧」（『子規の一生』平成十五年九月、増進会出版社刊）の中にも見えない。が、左千夫の「讃正岡先生歌并短歌」は、子規の別号「歌玉乃舎」によって触発されて作られたものであり、大いに注目してよいであろう。

# 渡欧する叔父への挨拶句

子規は、明治三十五年（一九〇二）五月の日付で、特命全権公使としてベルギーへ渡航する叔父加藤拓川《たくせん》に手紙を認《したた》めている。その手紙に添えて、左のごとき短冊を揮毫し、「笹の雪一折」を呈している。

欧羅巴へ赴かるゝを送りたてまつりて

春惜む宿や日本の豆腐汁　常規

手紙に添えた短冊に認《したた》められた作品であり、前書《まえがき》からして、私の俳句理論で言えば、典型的な「褻《け》」の句である（拙著『俳句読本』雄山閣、昭和六十三年五月刊、等参照）。少し説明を加えるならば、右の〈春惜む〉の句は、拓川一人のために作られた作品だということである。それゆえ、読者は拓川一人。拓川は、明治三十年（一八九七）八月十九日、山形県士族樫村清徳医学博士の長女ひさと結婚しているので、多く見積っても、せいぜい二人の読者である。このような特定少数の読者を想定して書かれた作品を、私は「褻《け》」の句と呼ぶ。「褻《け》」の句は、この例のように、短冊、あるいは色紙、そして書簡等に、作者が自筆で認めることになっている。

これも「褻《け》」の句の特色である。そこで、我々一般読者が「褻《け》」の句を鑑賞するには、可能な限り一句の背景を明らかにしておく必要がある。その作品を贈られた読者（特定少数の読者）と同じ状況下で、その作品を鑑賞するための準備をするというわけである。

そのような準備をしておくと、作品がよりよく理解し得る。子規は、明治十六年（一八八三）六月十四日の上京以来、叔父（母八重の弟）拓川には、一方ならず世話になっている。その敬愛の気持ちが、前書《まえがき》の「赴かるゝを送りたてまつりて」との尊敬表現になっているのである。句中の「宿」とは、言うまでもなく当時の拓川の住居のあった「東京市麹町区飯田町六丁目」の拓川居である。そして豆腐（就中《なかんずく》、笹の雪の豆腐）は、拓川の大好物。となると、一句の意味がわかってくる。「しばらく日本をお離れになられますが、好物の豆腐汁など召し上がって、御自宅での春を存分に惜しんで下さいませ」ということになるであろう。これで、病牀にある子規の惜別の思いは、拓川に十分に伝わったはずである。

ところが、この一句、明治三十五年（一九〇二）六月五日付「日本新聞」に掲載の「病牀六尺」においては、「近作数首」の中の一句として、

欧羅巴へ行く人の許へ根岸の笹の雪を贈りて

日本の春の名残や豆腐汁

と見えるのである。拓川が横浜港を発ったのは、五月三日のこと（先の子規の手紙は、五月一日付と見做《みな》してよいであろう）。すでに拓川は日本にいない。にもかかわらず、子規は、拓川に与えた挨拶句を推敲しているのである。この事実は、大いに注目してよいであろう。子規の中に挨拶句をも「晴《はれ》」の句へと作りかえようとの、「晴《はれ》」性に対するなみなみならぬ意欲があった、ということである。活字による「日本新聞」は、不特定多数の読者のために開放されている、私の論で言えば「晴《はれ》」の場である。作品に対しても、当然、そのような配慮が要求される。子規も、そんな配慮のもとに前書ともども推敲を加えているのである。拓川に与えた挨拶句よりも、ぐっとスケールが大きくなったのではなかろうか。「豆腐汁」こそが「日本の春の名残」を満喫するにはふさわしいというのである。実にのびやかな句となった。「晴《はれ》」性を見事に獲得していると言ってよいであろう。

## 子規の新出狂歌

子規は、時に狂歌を作っていたようである。例えば、明治二十六年（一八九三）に、「日本新聞」に連載した奥羽旅行記「はて知らずの記」の八月四日付号の陸奥（福島）国の飯出山満《いいいでざんまん》福寺《ぷくじ》の条に一首記されている。子規が訪れたのは、明治二十六年（一八九三）七月二十三日のこと。この満福寺、明治二十三年（一八九〇）に火災に罹《あ》っている（堀由蔵編『大日本寺院總覧』参照）。子規は、

　むかしは七堂伽藍美を尽し、善を尽して、壮厳《しやうごん》の道場なりしを、数年前の火災に六百年の建築、一片の灰燼となりて諸行無常色即是空のことわりを眼の前に示したるこそうたてけれ（筆者注・なげかわしい）。

と記している。この寺で子規が関心を示したのは、「飯出山」という山号。俳句一句、狂歌一首とともに左のように記している。

　山号飯出山といふ事、めづらしき名なり。如何なる意にやと問ふ。蓮阿氏いふ、そのかみ義経公奥州へ没落の節、此処に立ちよられしかば、寺より飯をまゐらせけるに、弁慶、此

寺の山号はと尋ぬ。いまだ山号なきよし住僧答へければ、然《しか》らば飯出山といふべしと弁慶自ら名づけたるよし言ひ伝へたりと。

水《すい》飯《はん》や弁慶殿の喰ひ残し

饗応の挨拶とて狂歌をよむ。

飯の出る山とも聞けばありがたや餓鬼も行脚も満ぷくになる

「蓮阿氏」については不詳であるが、当時の満福寺の住職と見てよいであろう。義経が奥州へ下る時に満福寺で飯を出したことにより、従者の弁慶が山号を「飯出山」と命名したと伝へられている、との説明を子規にしたというのである。俳句中の「水飯」は、炊いた飯を冷水で洗った夏の食物。みずめし。子規は、「饗応」に与ったものであろう。それを「弁慶殿の喰ひ残し」と表現して滑稽の一句としたわけである。狂歌の方は、説明不要であろう。一首の中に「飯出山」と「満福寺」が詠み込まれているのである。

最近、必要あって、京の松本皎氏をお煩わせして、昭和十年（一九三五）六日発行の「立命館文學」第二巻第六号所収の鮎貝槐園《あゆかいかいえん》口述、百瀬千尋記「浅香社時代の鉄幹」なる稿のコピーを披見し得た。すこぶる興味ある内容であるが、その中に次の記述があった。

いつのことか、例の和服姿の子規が私を訪れて、

世の人に蚕の夫婦と嗤はれた背は痩せに痩す婦《め》は肥えに肥え

といふ歌を示したことがある。痩せに痩すは、万葉の口調である。子規は、この歌のやうに痩せてゐた。（筆者、子規は童貞か否かの論ある際にて、妻ありしとは考へられず。誰かを諷せしものならむと答へたが、確かな記憶で間違なしと答へられた。蒼惶（復本注・あわただしい）の間、この歌につき調べる暇なければ、措くこのまゝとす）。

鮎貝槐園は、子規と交流のあった東京住の浅香社の歌人。その槐園の家を訪れた子規が示した歌だという。筆記者の百瀬千尋が、子規は妻帯していなかったので、子規自身を詠んだものではないであろう、との疑義を呈したのに対して、槐園自身は、確かに子規から聞いたもので、間違いはないと答えたと書き留めている（括弧内の記述）。

〈世の人に〉は、明らかに「狂歌」であろう。一首中の「蚕の夫婦」とは、蚕の雌が、雄より大きいところから、妻の方が体の大きい人間の夫婦のこと。「背」は、妹背《いもせ》の「背」で、夫。痩せに痩せた夫と、肥りに肥った妻の組み合わせである。槐園は「痩せに痩す」が「万葉の口調」だと言っているが、それはともかく、一首、子規が自らの痩せに痩せた姿を、かく面白く表現したものとみてよいのではなかろうか。子規の新出狂歌と見てよいように思われる。

## 碧梧桐が述懐する「子規による俳句批評」

河東碧梧桐著『三千里』（金尾文淵堂）は、明治四十三年（一九一〇）十二月に出版されている。明治三十九年（一九〇六）八月六日に東京を出発しての日本全国遍歴の旅の記録である。その中の明治四十年（一九〇七）九月十九日の条に子規忌に当っての左のごとき興味深い記述が見える。まずは引き写してみる。子規没後五年が経過している。「羽後横手」での記述。「旅中二度目の子規忌で、去年は足尾の山中であつたなどと思ふと、多少の感慨が胸に湧く」と記している。

子規居士が生きてをれば、今頃はどういうことをして居るか、俳句に如何なる変化を試みるか、和歌を如何に発展せしめるか、それとも俳句和歌に疎くなつて、新体詩小説の方面に力を注ぐか、或は従来のありふれたもの以外、他に何か新形式のものを創始するか、それらは総て疑問である。

と、まず、素朴な感慨を述べている。子規自身、明治三十二年（一八九九）一月刊の『俳人蕪村』（ほととぎす発行所）の「緒言」において、芭蕉が「俳句界中第一流の人たる」理由の一つとして「変化多き処」を指摘している。芭蕉の作品を高く評価した子規もまた、自《みずか》らが携っていた文芸の諸ジャンル、すなわち俳句、和歌、新体詩、小説等において「変化」を求めることになっていたであろうことは、碧梧桐が述べているように、十分に予測し得ることである。また、碧梧桐が言っているように「何か新形式のもの（筆者注・文芸）を創始する」ことになっていた可能性もある。が、それらは、明治三十五年（一九〇二）九月十九日以降、すべて見果てぬ夢となってしまったのである。

次に、碧梧桐は、現状に対して鋭い観察をして示している。

居士が大きな目玉をあけてをると、居士に叱られると思ふやうなことは、誰も大胆に手をつけぬ。居士が叱りはせぬと思ふ今日は、我々が思ひきつて翼を伸してをる時代である。従来居士の前に頭を抑へられてゐた各自の癖が、ニヨキ〳〵芽を吹いて枝葉を茂らしてをる時である。居士は必ずしもこの各自勝手な状態を悪いとはいふまい。各自の進路に就て最も適当にして厳正なる批評を加へるであらうと思ふ。我等の聞かんとする処は其の厳正なる批評である。

子規の生前、子規によって「頭を抑へられてゐた」人々が、没後「各自勝手な」振舞をしている。それが顕著さを増したのが明治四十年（一九〇七）という時代であるとの指摘である。それに対して、碧梧桐は「居士は必ずしもこの各自勝手な状態を悪いとはいふまい」と記している。これは、霊界の子規の心中を付度してのものであるが、碧梧桐自身も、現況に対して、このような思いを抱《いだ》いていたということであろう。ただ、一方で、子規の「厳正なる批評」を聞きたいとの思いも切なるものがあったのであろう。続いて次のように記している。

試みに俳句の批評に就いて見ても、同門の評は結局趣味の相違として余り重きを置かぬ。句の批評といふことも言ひ勝になつて適従する処を知らぬ。子規の厳正なる批評を思ふこと一再ではない。

碧梧桐は、「俳句の批評」について懊悩している。同門間での批評は、「趣味の相違」ということで適当に片付けられてしまう。かと思うと言いたい放題な批評が横行して、収拾が付かなくなることになる、というのである。そんな時には、「子規の厳正なる批評」を仰ぎたいという思いが「一再」ならずあるという。なぜ子規の批評が「厳正」であるのか。子規は「俳句分類」の作業によって俳句史を、作品を通して俯瞰し得ていたからである。これは、他の凡百の俳人の追随を許さぬところであったからである。

# 佐藤肋骨の伝える子規の異形句

子規の俳句は講談社版の『子規全集』に整理されている。が、まだ十全ではない。例えば、異形句の問題である。

子規の門人の一人に佐藤肋骨《さとうろっこつ》がいる。明治四年（一八七一）に東京で生まれ、昭和十九年（一九四四）に没している。明治二十八年（一八九五）の台湾の役で歩兵少尉として従軍、右足を失っている。別号隻脚庵主人《せっきゃくあん》は、それによる。陸軍少将、衆議院議員をつとめた。本名、安之助。その肋骨が昭和九年（一九三四）九月十五日発行の「日本及日本人」第三百五号（子規居士三十三年記念号）の中に随筆「思ひ出すまゝ」を寄せている。

この随筆に注目してみる。肋骨がはじめて子規に会ったのは、明治二十四年（一八九一）の暮、兵隊仲間の五百木《いおき》飄亭《ひょうてい》の下宿龍岩寺《りゅうがんじ》において。彼等は、そこを龍岩窟と称していた。肋骨は、子規の第一印象を随筆の中で左のように記している。子規の一面が髣髴として、大変興味深い。

私が正岡といふ人から第一に受けた印象は、贅沢な人といふことであつた。吾々は無論軍服であつたが、不断なら木綿の綛《かすり》に小倉の袴といふ時代である。然るに子規居士は何か柔かい絹物をぞろつと着てゐる。これが第一に異様に見えた。着物ばかりぢやない。食物でも塩煎餅や焼藷では満足しないやうなことを云ふ。かふいふ傾向は飄亭君にも無いではなかつたが、正岡の方が一段上であつた。年齢は吾々と三つ四つしか違はないのだけれども、その点は大分先輩に見えた。眼が大きく、口唇の厚い、血色は蒼白かつたが、当時はまださう憔悴してはゐなかつた。明るい朗かな陽性的の人であつた。顔の大きい人だから、寧ろ太つてゐる位に見えた。私は今でもこれだけのことを思ひ出すことが出来る。

明治三十年（一八九七）以降、門下生たちは、重篤の子規の看護のためにしばしば根岸の子規庵に足を運んだようである。その折の一つの出来事を肋骨は、左のように記している。

病牀の居士は時々発句が出来る。ちよつとそこにある短冊を取つてくれと云ふので、取つて渡すと、仰臥のまゝ出来た句を書いて示す。そんな事がよくあつた。私のところにさういふ短冊を貰つて帰つたのが今三枚残つてゐる。その句は、

いまだ天下を取らず蚤と蚊に病みし
眠らんとす汝静に蠅を打て
みじか夜をたま〳〵寐れば夢あしき

の三句で、いづれも署名が無いのは、さういふわけのものだからである。「いまだ天下を」の句は慥《たしか》に居士の一面を語るもので、決して俳句の如き小天地に跼蹐《きょくせき》（筆者注・ちぢこ

まること）する人物ではなかつた。

面白いエピソードである。俳句ができると、仰臥したままで、それを短冊に認《したた》めたというのである。いわばメモであるから、当然、無署名であろう。そんな中の三枚が、肋骨の手もとに残っていたというのである。三枚の短冊を引き写したものであるから、句形の信憑性は、問題ない。肋骨は、〈いまだ天下を取らず蚤と蚊に病みし〉の句を面白がっている。子規の私的な『俳句稿』によれば、明治三十年（一八九七）の作品。肋骨のごとくに一句を読んでいいか否かは別として、この句と〈眠らんとす汝静に蠅を打て〉には、異形句の問題はない。注目すべきは、三句目である。従来知られている句形は、

短夜やたま〳〵寐れば夢わろし（悪し）

短夜やたま〳〵寐れば夢苦し

の形であった（『俳句稿』参照）。ところが肋骨架蔵の短冊には、

みしか夜をたま〳〵寐れば夢あしき

となっていたというのである。これが初案であろう。『俳句稿』の二句形は、「切字」を入れて、一句として整えている。

# Ⅲ　子規庵・千客万来

# 子規の天麩羅談話

子規の遠縁に当る森円月《もりえんげつ》（子規の父正岡常尚の兄佐伯政房（半弥）の妻森サトの甥）が俳誌「茎立」の昭和十七年（一九四二）七月号に「三五庵雑筆」なる随筆を掲出している。その中のエピソードの一つとして、明治二十七年（一八九四）秋、円月がはじめて上京し、子規を訪問、そこに子規と同郷の松山中学以来の友人小川尚義《ひさよし》も来訪し、三人で歓談する場面がある。この時、子規は、すでに下谷区上根岸町八十二番地に転居している（同年二月一日）。子規は、数え年二十八歳、円月は二十五歳、尚義は二十六歳である。その時話題となったものの一つに「天麩羅」なる言葉の語源があったようである。その部分、円月の文章を引用してみる。

子規さんは変つた話、珍らしい話は山海の珍味と同じく好むところといふ風に興味を感じて居たらしかつた。話が天麩羅の語に及び、天麩羅の三字は能《よ》く面白い字を当用して居ると云ひ、一体テンプラは日本語か、志那語か、又は南欧当りの語であらうかなどの疑問も出た。子規さんは天プラは元と上方から来た男が始めたもの、その男は上方では揚物といふが揚物では平凡だから、何か変つた名を付て売出したいと、知合ひの京伝に命名を頼んだところ、京伝は〝お前は天竺《てんぢく》浪人（筆者注・「逐電《ちくでん》」の逆で「てんぢく」）のプラ々だから、天プラで売出せばよからう〃と京伝の命名だといふ説もあるが、之《これ》も確かではない云々と云はれた。

子規の博識ぶりが窺えるエピソードである。子規が紹介している「天麩羅」語源説は、京伝の言葉に由来するというもの。京伝は、山東京伝《さんとうきょうでん》、戯作者。浮世絵師北尾政演《きたおまさのぶ》としても活躍した。宝暦十一年（一七六一）に生まれ、文化十三年（一八一六）に没している。

京伝関係の著作の中で、子規が紹介しているエピソードが見えるのは、京伝の弟、山東京山による随筆『蜘蛛糸巻』において。成立は弘化三年（一八四六）。稿本である。子規は何によってこのエピソードを知ったか。京山の『蜘蛛糸巻』、明治二十五年（一八九二）二月刊の随筆集成『百家説林正編上巻』（吉川弘文館）に収められて活字化されている。子規は、出版間もない『百家説林』を入手、繙読して、このエピソードを知ったものであろう。子規の博覧に改めて驚嘆させられる。そのエピソード、「天明の初年。大坂にて家僕二三人も仕《つか》ふ商人の次男。至情の歌妓をつれて。江戸へ逃げ来り」という、その次男坊の話。名を利介という。左のように記されている。

大坂にてつけあげという物。江戸にては胡麻揚とて辻うりあれど。いまだ魚肉あげ物は見えず。うまきものなれば。是《これ》を夜見世の辻売にせばやとおもふ。先生いかん。兄（筆者注・

京伝）曰《いはく》。そはよき思ひつきなり。まず試むべしとて。俄にてうじさせけるに。いかにも美味なれば。はやく売るべしとす〻めけるに。利介曰《いはく》。是を夜見世にうらんに。そのあんどんに。魚の胡麻揚としるすは。なにとやらん物遠し。語声もあしく。先生名をつけてたまはれと云ひけるに。亡兄すこし考へ。天麩羅と書きて見せければ。利介ふしんの顔にて。てんぷらとはいかなるいはれにやといふ。亡兄うちゑみつ〻。足下は今天竺浪人なり。ふらりと江戸へ来りて売り始める物ゆゑ。てんぷらなり。てんは天竺のてん。即ち揚ぐるなり。ぷらに麩羅の二字を用ひたるは。小麦の粉のうす物をかくるといふ義なりと。

今、『百家説林』によって引用した。子規は、この説を紹介しつつも、「之《これ》も確かではない」と話したというのである。が、円月が言うように、子規が「変つた話、珍らしい話」に人一倍関心を持っていたことが窺われる。

## 子規と中村不折の出会い

子規の親友中村不折が生まれたのは、慶応二年（一八六六）七月十日。亡くなったのは、昭和十八年（一九四三）六月六日。享年、数え年七十八。――平成二十八年（二〇一六）に生誕百五十年ということになる。そこで、その魁《さきがけ》として、不折の本籍地のある長野県伊那市の伊那文化会館にて、平成二十七年二月十四日、「不折と子規」というテーマで講演をすることになっていた。そんなこともあり、再び不折のことが気になっていた（すでに拙著『余は、交際を好む者なり――正岡子規と十人の俳士』（岩波書店、二〇〇九年刊）の中の「中村不折――『不折俳画』の子規像」の章で概略を述べている）。

あれこれと資料を繙読していたところ、明治四十年（一九〇七）一月創刊の評論雑誌「日本及日本人」（先行の雑誌「日本人」と「日本新聞」が合体したもの）の昭和十三年（一九三八）四月号（「政教社五十周年記念号」）において「政教社回顧座談会」が掲載されているのが目に止まった。参加者は、古島一雄《こじまかずお》（古洲《こしゅう》）、国分高胤《こくぶたかたね》（青厓《せいがい》）、阪井辯《さかいわかち》（久良岐《くらき》）、長谷川萬次郎（如是閑《にょぜかん》）、寒川陽光《さんがわあきみつ》（鼠骨《そこつ》）等十八名。その中での古島一雄の発言の中に子規と不折の出会いが語られている。すでに知られているエピソードではあるが、より詳細に語られていて面白いので左に紹介しておきたい。子規編集の「小日本」にかかわってのものである。

子規が云ふには、僕（筆者注・子規）はどうも現代の挿画といふものに慊《あきた》らぬ、一つ画家を見つけて貰ひたい、といふことだつたから、当時の名家たる浅井忠、小山正太郎に推薦方を頼んだ。すると浅井が、実は中村不折といふ男がある。聾で強情で吾々の方では手に負へぬ人物だが、君の方ならいゝかも知れない、画才は慥《たしか》にあるから、それを用ゐてはどうか、と云ふ。それを正岡に話したら、とにかく行つて見ようといふので、早速二人で出かけて行つた。大将淡路町の下等な下宿屋の一番下等な部屋に居る。何でも夕方の六時頃だつたが、下女に聞くと、只今写生に行つて御留守ですが、あの方は御帰りになる時間の決して間違はない方ですから、もう五分御待ちになれば、必ず御帰りになります、といふことになつて、二畳敷のひどい部屋に通された。灯は無いかといふと、その頃だから電灯は無い。豆ランプを持つて来た。そこに白いカンヴアスがあつて、美人笙を吹くの図が画《か》きかけてある。陽明門みたいな欄干に倚《よ》つて、美人が笙を吹いてゐるところだが、穢い部屋の中にその綺麗なやつがあるんだから、崇高驚くべきものだ。正岡がそれを見て、これは未成品だが、これだけの技倆があれば大丈夫だ、と云ふ。いゝのかい、それならこれにきめよう、といふわけで、留守の間に採用することに決定した。そこへ大将帰つて来た。かういふわけだから画をかいてくれ、月給はいくら位でいゝか、といふ交渉をすると、淡泊なやつで、僕は画の修業中だから、絵具代とカンヴアス代それに飯を食ふ代があればいゝ、と云ふ。こんな下宿代なら知れたものだ、よろしい、君は芸術家だから、時間の約束はしない、たゞ此方《この》で頼んだ時に画いてくれ、といふので直に話は成立つた。

やや引用が長くなってしまったが、当時の不折の生活状況と人となりが活写されている。不折の勤勉な生活ぶりが髣髴とする。「小日本」の創刊が明治二十七年（一八九四）二月十一日であるから、当時、子規が数え年二十八歳、不折は二十九歳である。不折は、「小日本」の正式社員としての契約を交わしたようである。月給は薄給だったようであるが、画家としての待遇には恵まれていたようである。

# 子規と日蓮

正岡子規の文学的姿勢を「日蓮主義」と呼んだのは、子規の愛弟子《まなでし》、赤木格堂《あかぎかくどう》であった。子規の言葉「文学上の論争に於《おい》ては一片の私情を交《まじ》ゆべきでない。氷よりも冷《ひやや》かに進撃せねばならぬ」を紹介しつつ、その姿勢を「文学上の主張に反する敵に対しては一歩も仮借《かしゃく》せず、其筆鋒《そのひっぽう》俊鋭を極めたものであつた」と回顧している（「子規夜話」）。

これが格堂呼ぶところの「日蓮主義」である。格堂は、歌俳両分野にすぐれ、一時は子規の後継者と目《もく》された人物。備前（岡山県）出身。子規より十二歳年少。一方、格堂と同年の子規門下の歌人、淡路（兵庫県）出身の和田不可得《わだふかとく》は、子規生前に「大人《うし》（筆者注・子規）は日蓮上人を非常に好まるゝ」と語り、その性格を「日蓮上人に近似《きんじ》して居る」と指摘したのだった（「根岸庵を訪ふ」）。

子規と日蓮との具体的なかかわりは、明治二十八年（一八九五）、日清戦争従軍後の病体を神戸病院、須磨保養院で養い、同年八月二十日に須磨保養院を退院して一ヵ月程の間にあったようである。明治二十八年九月十八日付の「日本新聞」に載せた短文「日蓮」（「養痾《ようあ》雑記」の一部）の末尾に左のごとく記されている。

余、須磨の海楼《かいろう》に病を養ふこと一月、体力衰耗《すいもう》して勇気無し。偶々《たまたま》日蓮記を読んで壮快措《お》く能《あた》はず。覚えず手舞《てま》ひ足躍《あしおど》るに至る。日蓮を作る。

重患後、気力喪失していた子規を鼓舞《こぶ》し、感動させたのが『日蓮記』であったことが明かにされている貴重な文言である。

『日蓮記』を読むことによって、件《くだん》の短文「日蓮」が生まれたとも記している。それのみならず、同年、子規は草稿本「病餘漫吟《びょうよまんぎん》」の中に「日蓮年譜」を掲出し、日蓮の事跡、生涯が瞬時に確認し得るように手当しているのである。大変な心酔ぶりである。

それでは、子規をかくまで感奮興起《かんぷんこうき》させたところの『日蓮記』とは、どのようなものであろうか。これは、前年の明治二十七年五月に、劇作家・福地桜痴《おうち》によって博文館より出版されている全八齣《こま》十六場の脚本である。

子規は、この本によって「日蓮主義」者となったのである（ちなみに正岡家は曹洞宗、子規の墓のある田端の大龍寺は律宗）。子規は「日蓮」の中で、日蓮の「野心」に言及し、次のように称賛している。

英雄は野心に生血を混じたるの謂《いひ》なるを知らば、英雄に野心あること豈怪《あにあやし》むに足らんや。世人、英雄を好んで、野心を悪《にく》むものあり。惑《まど》へるの甚《はなは》だしきなり。既に野心を悪まば、初めより英雄を崇拝せざるに如《し》かず。とはいへ野心の小さな者に至りては其《その》害毒甚だし。野心は須《すべか》らく大なるべきなり。満身の野心を有する者、前に日蓮あり、後《の》ちに豊太閤《ほうたいこう》あり、以つて一国の人意を強《つよ》うするに足る。

福地桜痴の『日蓮記』を繙読《はんどく》した子規は、日蓮の「野心」に注目したのであろう。「野心の無いもの程始末におへぬものは無い」が子規の持論である。「僕の仕事は凡《すべ》て野心に根ざしてゐるのである。僕には量《はか》り知られぬ大きな野心がある。自分程の大野心を持つてゐるものは滅多にあるまいと思はれる程の大野心を持つてをる」との子規の言葉も残っている（高浜虚子著『柿二つ』）。

日蓮の「大野心」が子規の持っている「大野心」の琴線に触れ、大いに感奮興起した、ということであったと思われる。

子規の母、八重をして「升《のぼ》（子規のこと）は清《きよ》さん（虚子のこと）が一番好きであつた。清さんには一方《ひとかた》ならんお世話になつた」（『子規居士と余』）と言わしめた高浜虚子は、その著『俳句の大道』の中で、子規の「日蓮」を全文紹介した後で、左のごとき感想を洩《もら》している。

居士の日蓮に対する傾倒の情はこの一文によつて十分に窺《うかが》ふことが出来る。と同時に又居士の俳句界に於《お》ける奮闘の状の日蓮的であった所以《ゆゑん》も此《この》一文によく了解することが出来る。

母堂の言「升は清さんが一番好きであった」が素直に首肯し得る、子規に対する虚子の深い理解である。虚子は、結論部で「居士は日蓮に託して自己の抱懐《ほうかい》を述べたのである」と記しているが、そういうことであったのであろう。日蓮と子規には、むしろ「大志」と言っていいところの「大野心」という接点があったのである。

# 子規と裸体画事件

正岡子規と交流のあった人物の一人に後藤宙外《ごとうちゅうがい》がいる。作家、評論家。慶応二年（一八六六）の生まれであるので、子規より一歳だけ年長。子規の「病牀手記」の明治三十年（一八九七）十一月十五日の項に「後藤宙外始めて来る」と見えるので、この時が初対面。子規は、数え年三十一歳、宙外は、三十二歳。子規と宙外の交流については、宙外の著作『明治文壇回顧録』（岡倉書房、昭和十一年五月刊）に収められている「正岡子規と裸体画事件」の中に記されている。それによると、宙外は、子規の従弟の藤野古白と東京専門学校文科での同期生であったという。交流のはじまる以前に、古白を通して、子規に関するいくつかの情報を得ていたようである。

宙外がはじめて子規を訪問した明治三十年（一八九七）の四月、宙外は、伊原青々園《せいせいえん》、小杉天外、島村抱月、水谷不倒らと丁酉《ていゆう》社を作り、小説を中心とする文芸雑誌「新著月刊」を発行、編集人となっている。そして子規に「募集俳句ノ判者（選者）」を依頼したのである。ところが、「新著月刊」は、発行間もなくより口絵に、西洋画も含めて、「裸体画」を数多く掲載するようになり、その姿勢に子規が難色を示したのであった。明治三十年（一八九七）十二月十一日付の小杉天外、島村抱月、後藤宙外宛の手紙で、裸体画掲載ハ善ケレド、裸体画ノミ多ク掲載セラル、ハ如何、裸体画ハ美術ノ一部分タルコト論ナシ。ソレヲ特ニ沢山並ベテハ、彼是ノ評アルモ致方無之ト存候。裸体画中ニテモ野卑ナラヌモノヲ択バレテハ如何候《いかが》ヤ。永洗ノ絵モ近来ノハ余リニ野卑ト存候。少シ手加減アリテハ如何候ヤ。

と記している。書簡中の「永洗」は、富岡永洗《えいせん》。子規は「野卑」と評しているが、正鵠《せいこく》を得ていたようである。明治三十六年（一九〇三）三月刊の春蘭道人・秋菊道人合輯『当世画家評判記』（文禄堂）において、

画は極《ご》く器用だが、下品にして品格と云《い》ふものがない。其《そ》の描いた美人画などは、人の淫心を惹起《ひきおこ》すもので、彼の永濯翁（筆者注・永洗の師、小林永濯《えいたく》）の画から見ると、大籬《おほまがき》ときり店ほどの違ひがある。

と評されている。宙外の言う「裸体画事件」（実際に「風俗壊乱罪」で告訴されている）とは、右の手紙を含めての、子規の硬化した態度を指している。子規は、その因が「裸体画」にあったか否か定かでないが、「第二回募集俳句ノ判者（選者）」を断っている。

この一連の動きの中で、子規は、明治三十年（一八九七）十二月十三日付の「日本付録週報」

掲載のエッセイ「墨のあまり」の第二回目に、左のごとき一文を記している。

西洋の裸体画を見るに、其《その》品格の高下を分つべし。十字架上の基督を描くが如き、彩雲堆裡の天神を写すが如き、其《その》上なる者なり。俗男俗女両性を並べ写すは、其《その》下なる者なり。女子佇立すれば、男子物の陰暗き処より、又は窓高き処より、又は破れたる空間より之《これ》を窺ひ見る状を描く、是《こ》れ下の下なる者、春画と択ぶ無し。寧《むし》ろ春画より野卑なり。其《その》最も野卑なる者を以て少年を釣らんとする書肆の心底《しんてい》こそあさましけれ。

子規の「裸体画」観が窺えて、興味は尽きない。子規は、一概に「裸体画」を否定しているわけではない。先の手紙の中でも「裸体画ハ美術ノ一部分タルコト論ナシ」と明言している。

当時、社会的にも「裸体画」論争は喧《かまびす》しかった。黒田清輝《せいき》が第四回内国勧業博覧会に「裸体画」を出品したのは、明治二十八年（一八九五）のことである。子規の所属する「日本新聞」は、「陰部露出して敢て一糸掩《おほ》はず」（明治二十八年四月十四日付）と攻撃している。かかる「裸体画」論争が継続する中で、「日本新聞」社員の一人でもある子規は、彼なりに態度を闡明《せんめい》にしたのである。評価してよいであろう。

## 子規が語った「死」

子規の門人の一人に吉野左衛門《よしのさえもん》なる人物がいる。明治十二年（一八七九）、東京に生まれ、大正九年（一九二〇）に没している。享年四十二。松本龍之助著『明治大正文学美術人名辞書』（立川書店）には「明治二十八年頃正岡子規の門に入つて俳句を学び、後高浜虚子の後を承けて国民新聞俳句欄の選者となつたことがある」と記されている。麹町区上六番町四十二に住していた。この左衛門、明治三十三年（一九〇〇）六月刊『美文韻文白百合』（矢嶋誠進堂書店）に「子規子の厄月」なる一文を寄せている。明治三十二年五月十日の稿とある。この標題は、子規の句日記「牡丹句録」中の子規の句、

余の重患ハいつも五月なれば

厄月の庭にさいたる牡丹哉

に拠っている。「牡丹句録」の一部は、左衛門が口述筆記している。その様子を左衛門は、「此果敢《このはか》なき辞、悲しき文、筆の運びも自然に渋滞して、泣かざらむと欲するも得ず」と記している。また、子規の母八重については、

看護《みとり》にやつれて開かざる愁眉、見るからに淋びしく、子（筆者注・子規）を見るより尚《な》ほ

一入気《ひとしほ》の毒なる心地しぬ。

と記している。看護の母の描写として貴重であろう。これが現実の母堂像だったと思われる。左衛門の子規庵訪問は、明治三十二年（一八九九）五月十日である。話柄がたまたま「死の議論」となり、左衛門が子規の言葉をそのまま書き留《とど》めている。子規の「死」に対する考えが窺える貴重な資料である。句読点を私に補ってそのまま左に紹介しておく。

世人、多くは死を以て悲しきもの、如く思惟すれども、大に誤れり。死なるもの、感じは恐ろしきものにして、決して悲しきものに非らず。死を悲しく感ずるは、或《ある》非常なる感情の為に恐ろしき感じを打消さるればなり。彼の戦場等に於て、痛手《いたで》を負ひたるも知らず顔に、奮撃突進するは、激昂《げきこう》の余り苦痛なく、死の悲しみなきなり。又、船に酔ひたる人の、死なんばかりに苦悶する時の感じは、悲しき思ひなれど、俄然颶風《ぐふう》（筆者注・暴風）起りて船将《まさ》に沈没せんとする刹那《せつな》の感情は如何。殆んど死したるが如き婦女子と雖《いへど》も、猛然として苦痛を忘れ、喚呼狂躍して助からむことを求むべし。之《こ》れ死は決して悲しきものならで、恐ろしき感情なるを証するなり。彼《か》の後藤新平（筆者注・左衛門の誤記）が将《まさ》に断頭台の露と消えんとしたる時泣きけるを、卑怯なりと誹《そし》る者あれども、之《こ》れ彼を知らざる者の言のみ。彼の泣きたるは、実《まこと》死を悲しめる涙にて、即ち恐ろしき死の感じの、或《ある》非常の感情の為に打消されたるなり。彼も亦終《またつひ》に一箇の英雄たるを失はず。

左衛門は、この子規の「死」に関する口述筆記の後に、

談終れる時、牡丹一片寂然として崩れ落ちぬ。子、句あり。曰《いは》く、

牡丹散る病の床の静かさよ

と記している（この句も「牡丹句録」に見える）。左衛門訪問時の五月十日の子規は、

子は大気《たいぎ》（筆者注・大儀。体調が悪くてつらいこと）らしう顔振り向けて、余の面《おもて》を眺め、苦しき嘆声《こゑ》を漏らして曰《いは》く、慭《なまじい》に生きながらへて斯《か》くばかり苦しみてあらむより、寧《むし》ろ死にたしと。

といった状態だったのである。そんな中で、左衛門に語られた子規の死についての談である。左衛門は、辞する時に、左の四句を子規のもとに残したという。

衰への人に散りたる牡丹かな
主人病むで牡丹崩る丶こと早し
嘆嗟たり牡丹の散るを見る人や
散りたるを盆にのせたる牡丹哉

## 子規が語った「恋愛」

雑誌「ゆうびん」（逓信協会郵便文化部）昭和二十六年（一九五一）十月号の寒川鼠骨《さんがわそこつ》稿「子規先生の思い出」中の、鼠骨が記録している子規の言葉が大変興味深い。鼠骨は、子規庵を訪問するたびに「先生（筆者注・子規）の談話を一々自分の日記中へ書き認《したた》めていた」という。それゆえ、子規の折々の言葉が、何年何月何日に発せられたものかがわかるのである。明治三十二年（一八九九）五月三十一日の条には、左のごとき言葉が書き留められている。

恋を知らぬ男に仕事は出来ない。古来英雄好色の語があるが偶然ではない。要は淫して乱れず自己を失わざるに在るのだ。

この年五月十二日には、叔父の大原恒徳に宛て「毎日繃帯のとりかへには、大声あげて泣申候。平時にても痛みて堪へ難きこと多く誠にもてあまし候」と報じている。そんな中で発せられた右の言葉である。

子規は「古来英雄好色の語がある」と言っているが、この言葉のルーツは、どこにあるのであろうか。昭和三年（一九二八）三月刊、向山繁編著『性的俚諺辞典』（三土社）は、立項しているが、用例は示していない。『日本国語大辞典』（小学館）も、この言葉を収録しているが、やはり用例は示していない。明治三十二年（一八九九）に子規が発したというこの言葉など、むしろ貴重な用例のように思われる。

閑話休題、「恋を知らぬ男に仕事は出来ない」との言葉が、子規から発せられていること、大変興味深い。このように言う以上、子規にも「恋」体験があったと見るべきであろう。とすると、さしずめ、明治二十一年（一八八八）七月、八月、九月と仮寓した向島の桜餅屋、月香楼の娘「お六」ということになるのであろう。

次に注目したいのが明治三十四年（一九〇一）六月二十八日の条の左の言葉である。

> 書生が地位を得て金がまゝになると、登楼する、それをほこりとして居る。英雄好色の語に誤まられているのだ。登楼は名誉でない、堕落寧《むし》ろ恥ず可《べ》きことなのだ。

子規に登楼体験があることは、友人の柳原極堂や、日本新聞社の先輩記者、古島一雄が明らかにしているところである。が、元来が真面目な子規は興味（好奇心）はあったものの、右の言に窺える通り「登楼は名誉ではない、堕落寧ろ恥ず可きことなのだ」との考えを堅持していたようである。子規の親しい友人五百木飄亭《いおきひょうてい》は、昭和九年（一九三四）、「俳句研究」九月号掲載の「常磐（ママ）会の頃」の中に、学校時代の子規は実に真面目で、さう云ふ点など現代の文学者と違ふ。品行は寧ろ方正で、非常に理性的な男だつたから、道楽などをしたのは余程後の事だらう。かう云ふ事には非常に理性的な男で、「一度行つた所へは決して行かない。二度、三度と繰返すのが人情だがそれをやると人情の弱さでつい溺れてしまふから僕は決して裏を行かない。必ず外《ほか》の所へ行く」と云つて居《を》つたが、万事に子規はその調子で、さう云ふ所極めて冷静で、常に自分を批判して行くと云ふ風であつた。

と記している。先の子規の言葉とぴたり符合する飄亭の記述である。右の二つの子規の言葉は、「英雄好色」をキーワードとしつつ、一見、逆の発言内容のようでもあるが、先の言葉の中に見えた「要は淫して乱れず自己を失わざるに在るのだ」の部分に注意するならば、両者の間に、そう径庭《けいてい》（隔り）がないことがわかるであろう。右の子規の二つの言葉を日記に書き留めた当の鼠骨は、昭和二十九年（一九五四）四月発行の雑誌「文学」の中の論考「子規と恋」の中で「子規にはセンチメンタルの分子が乏しかつた。峭峻な岩山のやうに頑然として立つてゐる人であつた」と述べている。

# 子規が語った「恋愛」その二

昭和二十六年（一九五一）発行の雑誌「ゆうびん」十月号に掲載されている寒川鼠骨《さんがわそこつ》稿「子規先生の思い出」中に鼠骨が紹介している子規の言葉に注目してみる。子規の人間性が窺知《きち》し得《う》る、従来未紹介の貴重な資料である。まずは、原文のまま左に掲げる。明治三十二年（一八九九）五月三十一日の聞書《ききがき》である。子規は、数え年三十三歳。

友人で俳句を作る男に天歩という男がある。年が二十二だのに未だ恋を知らぬ。其代り理性は非常に発達して居る。容貌は色男の方だから、下宿屋の女中に袖を引かれ大に怒って女中の顔をなぐって怪我をさせ問題を起したことがあった。理性で作る句だから面白いものが出来ない。感情を誘い起してやろうと思って、近来天歩に梅暦の講義を聞かせて居る。面白かろがな。

子規自身が、聞き手の鼠骨に「面白かろがな」と同意を求めているように、大変興味深いエピソードである。

そこでエピソード冒頭の、子規より十一歳年少（ということは、明治十一年の生まれということになる）の「天歩」なる俳人であるが、残念ながら人となり等、明らかにし得ない。例の交友録的句稿『なじみ集』にも収録されていないし、エピソードが語られている明治三十二年（一八九九）代の雑誌「ほととぎす」を繙《ひもと》いても出てこない。ただし、明治二十九年（一八九六）九月十日の子規庵での俳句会稿の中には、碧梧桐《へきごとう》・把栗《はりつ》・繞石《にょうせき》等十三名のメンバーの一人として名を連ねているし、その際の、

伏して見るや芒の中に上野山　　天歩

の句は、子規の点を獲得している。また、明治二十九年（一八九六）には、子規庵の句会に何度か参加している。そして、子規門の句稿、子規編『承露盤』を繙《ひもと》くと、多くの天歩句を拾うことができる（明治二十九年より、明治三十年まで。明治三十一年、明治三十二年、明治三十三年の項には、作品を見出だし得なかった）。三句左に掲出してみる。

見えてゐて釣れぬ魚あり秋の水　　天歩
颪吹て障子にさはる芒《すすき》哉《かな》　　同
夕栄えて山越す雁の腹赤し　　同

鼠骨が紹介している子規の言葉によれば、天歩と鼠骨との面識はなかったようである。子規は、「友人」だと言っている。明治三十二年（一八九九）当時、天歩は二十二歳だったとある。そして、子規は「年が二十二だのに未だ恋を知らぬ」と記している。「恋」には、例えば芭蕉の付句〈馬に出ぬ日は内で恋する〉（『炭俵』）に窺えるように「情交」を意味する場合もあるが、この子規の用いている「恋」は、もっと淡い「男、女、相思フ」（『言海』）といった意味と解してよいであろう。天歩は奥手《おくて》だったのである（ということは、子規は、恋愛経験者であるということを公言していることになる）。だから「色男」の天歩に下宿家の「女中」がちょっかいを出すと、本気で怒って「顔をなぐ」るなどということになったようである。そんな天歩に、子規は、為永春水の『春色梅児誉美《しゅんしょくうめごよみ》』を読んで、恋愛指南をしてやっていると言っているのである。要するに天歩は、「理性」が勝っていて、「感情」（恋情）に目醒めていないというのである。天歩の俳句を、子規は「理性で作る句だから面白いものが出来ない」と評している。私が示した三句など、そんな一面が窺われるようにも思われる。

さらに、鼠骨に対して子規は「君は感情ばかりの人だ寧ろ理性の講義が必要だよ」と言い、

ソーサねエ碧梧桐も感情あって理性なし虚子は感情あり又理性あり鳴雪は理性あり感情稀薄だ。

と続け「どうだ当っとろがなとて御機嫌がよかった」と、鼠骨は記している。子規が、恋愛に大いなる関心を持っていたことが窺える面白いエピソードである。

# 寺田寅彦が紹介する子規の不折評

夏目漱石の門下生、寺田寅彦が、はじめて正岡子規を根岸に訪問したのは、明治三十二年（一八九九）九月五日である。その時のことを、寅彦は、大正七年（一九一八）十月発行の「ホトトギス」第二十二巻第一号にローマ字で載せている。タイトルは「Hazimete Masaoka Sanni atta toki.」であり、署名は「Yabukozi.」。なぜ寅彦がローマ字で書いているのかは、横組みの日本語で前文として自《みずか》ら記している。これも興味深い一文なので、縦書きに直して、左に示しておく。ただし、漢字は、現行の字体に改めた。また改行は原則として無視した。

高浜さん。

いつかの御約束のローマ字文を差出します。もし余白に御掲載を願はれゝば難有いと存じます。此《これ》は私が始めて正岡さんに逢つた時色々の話を聞いて覚書きにしておいたのを其儘何の修飾もなしに書き直したもので、極めてまづいものですが、唯夏目先生や不折氏などの噂が出て来るので多少の興味があるかも知れないと思ひます。私が此を書いた主な目的は私等が将来の国字として用ゐたいと思つて居る所謂日本式羅馬字で此《こ》の種類の文章を書いて見て、それがどんな感じを自分や他人に与へるかといふ事を知りたいといふのです。

ホト、ギス及其読者に対しては甚だ虫のい、横着千万な所行と解釈されるかも知れませんが、どうか不悪御賢察御海容を祈ります。校正は私が致しますからどうぞ御廻しを願ひます。

八月卅一日　　　　　　　寺田寅彦拝

二伸、読者の内でローマ字に関する吾々の主張や仕事を知りたいといふ方があらば、はがきで駒込曙町十一番地「日本のローマ字社」へ御照会下さるように御伝へを願い度いと存じます。

ということで、先のタイトルの本文に入っていく。私がこの文章で注目したのは、ローマ字で書かれているために、引用文にはクォーテーションマークが用いられているので、日本語表記のような曖昧さがないということである。子規の言葉がはっきりと浮び上ってくるのである。子規の語る不折評《ふせつ》を、ローマ字を旧仮名遣いの日本語に改めて左に示してみる（ローマ字は、現代語表記）。

不折ぐらい熱心な画家は少《すけ》ない。一体Ａ（筆者注・浅井忠）などを除けば、今の洋画家は、大抵根性の卑劣な、嫉妬心の強い女の様なものばかりである。Ａが今度洋行するとなると、誰もその後《あと》を引受ける人がない。ないではないが、Ａの洋行がいやなのである。驚いたものだ。不折なども近頃評判がよいので、彼等の妬みを買つてゐる。すでに今度フランスの博覧会へ出品するつもりの作も、審査官のＫ（筆者注・黒田清輝）等が仕様もあらうに零点を付けて、不合格にしてしまつたさうだ。真面目に、熱心に研究をしようといふ考えはなくて、少し名が出れば肖像でも描いて金を貪らうといふさもしい連中ばかりである。中には不折のやうな熱心家はあるが、貧乏だから思ふやうに研究が出来ない。そこいらの車屋でもモデルに雇ふとなると、一度五十銭も取る。若い女などになるとどうしても一円は取る。それでなかなか時間も長くかかるのだから、研究と一口に言つても容易な事ではない。風景画でもさうである。不折が先達て上州へ写生に行つて二十日程雨の降る日も休まずに働いて帰つて来ると浅井さんが、もう一週間行つて直して来いと言はれたから、また行つて来た。とにかく、熱心がひどいから、あまり器用なたちでもなく、まだ未熟だが、いまにきつと成功するだらう。

子規の言葉が活写されている。子規の声音《こわね》までが聞こえてくる。

## 河東碧梧桐編集の「ホトトギス」

「ホトトギス」とは何か。『現代俳句大事典』（三省堂）の「ホトトギス」の項は、深見けん二氏が執筆。その冒頭の数行を左に引用してみる。

一八九七（明30）年一月、柳原極堂が発行人となり、愛媛県松山市で創刊。誌名は正岡子規の俳号「子規《ほととぎす》」による。九八年一〇月より高浜虚子が発行人となり東京で発行、子規が協力した。（以下略）

この説明に尽きるであろう。ところが、この「ホトトギス」の中の二号分を河東碧梧桐が編集しているのである。

そのことを明かしているのは、碧梧桐自身。昭和十九年（一九四四）六月刊の『子規の回想』（昭南書房）中、「続編　子規の回想」（昭和九年八月稿）に収められている〈「ほととぎす」東上〉の中に左のごとく記されている。引用がやや長くなるが、貴重な記述である。改行を無視して引き写してみる。

疲労の為《た》めか、虚子は到頭倒れてしまつた。卅二年五月廿一日発病、胃痛嘔吐、廿四日まで止《や》まず、廿五日入院したが、一時生命危篤とも言はれ、家人等後事を議した程だつた。「夕カハマヨウダイシラセ」の電報が根岸から飛んだのもこの時だ。病人は兎も角、ほと〻ぎす六月号の編輯中であつたので、大体の原稿を整理する必要があり、一時編輯所を私の下宿に移して、急場の間に合せる手筈だつた。病院を見舞つて帰つてみると、どうも大変なことをしてしまつた、と下宿主人が平ラあやまりに謝罪するのだ。下宿の子供が、私の机でマッチいぢりをしたのが、どういふはづみか、机上の紙に引火して、アワヤ火事にもなる処だつた、原稿も何も灰になつてしまつた、といふのだ。不馴れな急場の代書が、ロクでもないものを作るだらう懸念で、一生懸命になつてゐたのが、元も子もなくなつてしまつた。泣き面に蜂とはこの事だ。僕にはほと〻ぎすを作らせない神様のお告げだ、と恨んで見ても始まらない。焼け残つた原稿をあさり、根岸へ走るなどして、やつと六月号を出したが、一頁白紙であつたり、校正はメチヤ〱。実に見るもイヤな不体裁なものが出来上つてしまつた。余りに頓馬さがズバ抜けてゐたので、子規も呆れてしまつたのか、恐る〱あやまりに往つたが、更に渋いイヤな顔もしてゐなかつた。却つていろ〱御迷惑で、と慰労の言葉さへ給はつた。尤も子規は、其《そ》の時の消息にあるやうに、例年五月の厄月で、容体はよくなかつた。虚子は幸ひ快癒して、修善寺温泉へ病後の保養に往つた。七月号も亦《ま》た私の負担になつた。

大変興味深い内容である。虚子の大病のため明治三十二年（一八九九）の「ホトトギス」六月号と七月号は、碧梧桐が編集の任に当ったというのである。

碧梧桐の記述に違《たが》わず同年六月二十日発行の「ホトトギス」第二巻第九号は、二十七ページの裏が「白紙」となってしまっているのである。そして「稟告」として、子規と虚子の重患であることを伝え、さらに原稿が灰燼に帰してしまったことについては、

一日殆ど纏りし原稿を焼失し、遂に発刊延期を広告せざるべからざるに至りぬ。本号は実に災厄の間に成りたるものなり。

と記している。この時の碧梧桐の住所は「神田区淡路町一ノ一高田屋」。すなわち「下宿屋の子供」とは、この高田屋の子供というわけである。碧梧桐は子規から「タカハマヨウダイシラセ」の電報があったと記すが、同年五月二十八日付の「タカハマヨウダイキカセ」の端書が伝わっている。碧梧桐の記憶違いか。虚子の病気は、「大腸カタル」であった由（碧梧桐による同年「消息」欄参照）。

# 永井荷風の子規庵訪問

正岡子規の歌の門人に桃澤茂春《ももざわもしゅん》がいる。根岸における子規庵歌会（伊藤左千夫は、明治三十三年七月発行の「心の華」第三巻七で、この歌会を根岸短歌会と呼んでいる）に茂春がはじめて参加したのは、明治三十二年（一八九九）十二月三日のことである。左千夫は、翌年一月七日の歌会に初参加であるので、子規入門は左千夫より早いわけである。茂春、明治三十九年（一九〇六）八月二十九日、満三十三歳で夭折している。その茂春に明治三十三年（一九〇〇）の日記『庚子日録《こうしにちろく》』があることは知られていたが、全貌を窺うことはできなかった。この度、茂春縁戚の桃澤匡行氏架蔵の『庚子日録』が、歌人で茂春研究家の橋本俊明氏によって、その著『正岡子規直門　桃澤茂春実暦』（平成二十七年四月、いりの舎刊）の中に全文翻刻、収録された（その後、桃澤匡行氏自身により新典社刊『根岸短歌会の証人桃澤茂春』の中に写真版で収録された）。その日記の明治三十三年十月三十一日の条に左の一節が見える。

午前外出。ほとゝぎす第四巻の号を求め来りて読む。午后森川郵便局にいたる。直に帰る。夜、正岡君を訪ふ。席に一人あり。荷風とかよぶ。

私など「正岡君」の呼称にやや異和感を覚える。茂春は、子規より六歳年少。茂春は、子規を「正岡子規君」「正岡先生」「竹の里人」「正岡さん」「正岡氏」「正岡大人」「正岡ぬし」等と呼んで、一定していない。子規に対する態度が、子規とごく親しい周辺の門人たちとは明らかに違っている。このあたり、今後の検討課題であろうかと思われる。

それはともかく、まず「ほとゝぎす第四巻」である。この時、茂春は在東京（故郷は、長野県上伊那郡）。明治三十三年十月三十日発行の「ほととぎす」は、第四巻第一号である。この号を求めたというのであろう。茂春の友人香取秀真が「鋳物日記」を寄せているが、それよりも何よりも、茂春、俳句にも関心があったのであろう。もちろん、子規の雑誌であったということもあろう。

注目すべきは、夜、子規を訪問した折、先客があり、子規は、その人物を荷風と呼んでいたとの、「席に一人あり。荷風とかよぶ」の箇所である。当時、荷風と号した人物がいなかったとしたら、この人物は、永井荷風ということになる。そこで、荷風サイドの資料の点検である。荷風が大正十二年（一九二三）九月発行の「枯野」第三巻第九号に発表した「井上唖々君のこと」なる文章の中に左の一節がある。

其頃（筆者注・明治三十一、二年ごろ）高等中学校の同級生に俳句を作るものが若干あつて時々俳句会を催した。顔触れとしては沼波瓊音、柘植潮音、山田三子、中山麦圃君等に啞々君と私も交つて熱心に俳句を作つた。沼波君と柘植君は正岡子規の処に出入して居たので、その草稿を子規に見て貰つて居た。柘植君は何んでも中国辺の藩士であつた。俳句も上手であつたやうに覚えてゐたが、どうなつたか其後消息を聞かない。

荷風が挙げている人々の中で柘植潮音と山田三子は、後、ともに子規門。二人とも俳句から歌にと転じている。もう一つの傍証資料。昭和十年（一九三五）四月刊、永井荷風著『随筆冬の蠅』（永井壮吉発行）の中の「十六七のころ」に左の一節が見える。

根岸派の新俳句が流行し始めたのは丁度その時分（筆者注・明治二十八年）の事で、わたしは日本新聞に連載せられた子規の俳諧大要の切抜を帳面に張り込み、幾度となくこれを読み返して俳句を学んだ。

明治三十三年（一九〇〇）十月三十一日に根岸の子規庵を訪問したのは、永井荷風であったと断定してよいであろう。この時、子規は数え年三十四歳、荷風は二十二歳。

# 伊藤左千夫の伝える子規

必要あって「アカネ」という雑誌を繙《ひもと》いていたら、伊藤左千夫の子規評に遭遇した。従来、子規を語る時に話柄にされることがなかったように思う。念のため『左千夫全集』(岩波書店)に当ってみると、第六巻に収録されていた。あまりの短文のため、注目されずにきたものであろう。私自身も見落していた。今、その内容の豊富さに大よろこびしている。報告するゆえんである。

「アカネ」は、明治四十一年(一九〇八)二月発刊。編集者は、三井甲之介(甲之)、発行所は、根岸短歌会出版部となっている。明治四十二年(一九〇九)七月発行の二巻六号で一旦閉じている。全十八冊。短歌、俳句、詩等の実作のみならず、小説、評論、翻訳等も掲載している。左千夫の子規評が見えるのは、明治四十一年(一九〇八)発行の「アカネ」第一巻第二号。

左千夫は「吾正岡先生は、俳壇の偉人であつて、そして歌壇の偉人である、万葉集以降千有余年間に、只一人ある所の偉人であるのだ」(「日本新聞」明治三十五年十月四日付)と述べるほど、子規に心酔していた。左千夫が、子規門となったのは、明治三十三年(一九〇〇)一月七日のこと。元治元年(一八六四)の生まれであるので、子規より三歳年長。〈牛飼が歌よむ時に世のなかの新しき歌大いにおこる〉の歌は、よく知られている。小説『野菊の墓』の作者でもある。
その左千夫の子規評は、「子規子」と題されている。今、私が句読点、濁点、振り仮名等を付し、読み易い形で左に示してみる。

子規子は、性格の甚だ複雑な人であつた。随分怒り易く、激し易く、愛憎の念も強かつた。さらば感情的な人であつたかと云ふに、又決してさうではなかつた。常識の発達した上に、理性に富んで、批評や、議論や、明晰、徹底的であつた事は、世人皆知る処である。故に、子規子は、簡短な詞で、かういふ人であるといふ様に一、二言で其《その》特性を云ひ尽すことは出来ない。予は、今も記憶してゐて最も敬服に堪えないのは、子規子の常に反省心を有して居られた点である。いつも自分で自分の非点を悟りつゝ、停滞なく、新しく進むことを求めた人であつた。尤も此《この》精神が、吾根岸派の本領である。自分で自分の作物が判らぬやうな事では、到底進歩発達など望むべきではない。「自分の俳句は、自分の思つたよりも、下等であつた」とは、子規子の世を去る三月許り前の詞だ。

私は、小稿冒頭で「必要あって」と書いたが、平成二十三年（二〇一一）四月九日に神奈川近代文学館で「荻原井泉水《おぎわらせいせんすい》著『自由律俳句入門』を読む」との題で話をすることになっていたので、その準備のために「アカネ」を繙《ひもと》いていたのである。井泉水は、明治十七年（一八八四）

の生まれ。自由律俳句を唱えた俳人。明治三十五年（一九〇二）には、子規選の「日本新聞」に投稿（投句）している。井泉水は、子規を高く評価していたが、その限界も、鋭く指摘している。

ただし、井泉水から指摘されるまでもなく、子規自身、自《みずか》らの俳句の「非点」（マイナス点との意味の、左千夫の造語かと思われる）を見据えていたようである。そのことが明らかにされている左千夫の、右の短文の末尾である。死の三ヶ月前に「自分の俳句は、自分の思つたよりも、下等であつた」と語ったというのである。左千夫、よくこの言葉を記録しておいてくれたものである。後世の我々は、もう一度、子規のこの言葉の意味するところを考えてみる必要があろう。歌人左千夫に伝えたところにも、興味を惹かれる。このことのみならず、子規の人間的一側面を窺知《きち》し得る左千夫の右の文章である。

# 虚子による子規の病状報告――「脚湯」のこと――

温泉ブームの今日、「足湯《あしゆ》」という言葉をしばしば耳にする。「脚湯《きゃくとう》」とも言ったようである。『日本国語大辞典』の「脚湯」の項には「両足を湯に浸して暖めること。のぼせを防ぎ、また発汗させるための温浴療法として用いられる」との説明が付されている。ただし、「足湯」の項にも、「脚湯」の項にも、用例は示されていない。いつ頃から用いられていた言葉なのであろうか。明治二十九年（一八九六）八月十日刊の大槻文彦の『言海』を繙《ひもと》くと「足湯」の項はないが、「脚湯」（きやく―たう）の項があり、「医術ニ、両脚ヲ熱湯ニ浸スヿ《（コト）》、血ノ上昇《ノボセ》ヲ引下ゲ、又ハ、発汗セシムルナドニスルナリ」との説明が付されている（『日本国語大辞典』は、この説を踏襲したものであろう）。明治時代には、「脚湯」のほうが用いられていたことがわかる。ちなみに『大漢和辞典』に「脚湯」は、採録されていない。和製漢語か。

いきなり「脚湯」にこだわったのは、正岡子規も「脚湯」を試みていたからである。それを伝えるのは、虚子。明治三十三年（一九〇〇）七月十日発行の「ほととぎす」第三巻第九号の「消息」欄に、七月六日の日付で、虚子は、左のごとく記している。

子規君病苦の一を御話可申上候。寒暑によりて相違あれども、概略毎月一度位は脚湯といふことを致され候。今迄は椅子に腰を懸け、左の手を突いて体を支え《(へ)》ながら、湯を入れたる桶の中に両脚を入れ洗滌せられ候ひしが、先日小生の参り候日は、腰の痛み堪へ難く、椅子に腰かくること能《あた》はず、寐たる儘にて金盥の湯にて家族の方に洗ひ貰はれ候由。小生、脚湯は御心地よきやと尋ね候所、顔をしかめて、中々以て左様のわけには非ず、時々布団の外に足を出すことあり、其足のよごれたるは、来客に気の毒なるのみに非ず、自分も心地悪しき故、脚湯を為す迄にて、其時の心地は何ともいへぬ苦しさなり、其足を洗ふ時、手さきが僅こ《(に)》皮膚の上に触るのみなれど、其度々頭のテツペンにヂーンと響き、実に悪い心地でどうもたまらん、と話され候。普通の病人は脚湯などがせめてもの愉快なるべきに、其《その》脚湯さへ子規君の為には非常の苦みに御座候。其僅に皮膚の上にさはる手が頭の尖《さき》にヂーンと響く迄傷みを覚えらる丶と聞かば、誰れか其《その》平生の病苦を想像し得ざるものぞ。

　先に記したように、虚子が右の文章を綴っているのは、明治三十三年（一九〇〇）七月六日のこと。「ほととぎす」の読者は、虚子が綴る一言半句を固唾を呑んで読み進めたことであろう。子規の病状は、悪化の一途をたどっていたのである。

　右の文章中の「先日小生の参り候日」とは、具体的には、明治三十三年（一九〇〇）七月四日（講談社版『子規全集』第二十三巻の「年譜」による）。この時には、「椅子に腰を懸け」ての「脚湯」が不可能な病状だったという。なんとも痛ましいことである。「椅子に腰を懸け」ての「脚湯」は「桶の中に両脚を入れ洗滌」することになるが「寐たる儘」の「脚湯」は「金盥」を用いて、家族が洗うことになる。これが、大変な苦痛をともなったようである。「手さきが僅(に)皮膚の上に触るのみなれど、其度々頭のテッペンにヂーンと響き、実に悪い心地」の痛みがするというのである。子規にとって、「脚湯」は、決して快適なものではなかったのである。

それでも「脚湯」を試みるのは、客に汚れた足を見せるのが気の毒だからだ、とのこと。子規は、病苦の中でも、このような繊細な心遣いをする人物だったのである。子規の魅力の一端が窺《き》知《ち》し得《う》るエピソードである。虚子の子規を見る目も、実にあたたかい。

# 吉野左衛門の伝える子規

明治三十三年（一九〇〇）六月十五日、山本栄次郎（号、蘆の里人）によって『美文韻文白百合』（矢嶋誠進堂書店刊）なる本が出版されている。巻頭に中村不折による白百合の群生する中に立つ女性を描いた美人画一葉が掲出されている。我々が目にする不折の挿絵とは趣《おもむき》を異にするものである。従来知られていなかったようであるが、この中に子規の小品「春浅き庵」が収録されている（初出は、明治三十三年四月十日発行の「俳星」第一巻第二号）。これによって「春浅き庵」は、不特定多数の読者を獲得することになったわけであり、大いに注目されてよいであろう。

そして、もう一つ、本書に、これまた大いに注目してよいと思われる吉野左衛門の短文「子規子の厄月」が収録されている。

五月は、正岡子規子の厄月《やくづき》なり。子や日清戦役に従軍し、金州に於て肺病を獲、爾来起《た》たざることゝに五年、毎年五月に至りて重患に苦しむこと殆ど常例となれり。今年《こんねん》また花散りて牡丹の五月ともなりぬる程に如何あらむと気遣ひける折しも、恙《つゝが》ありとの便りに驚きて取り敢へず馳せ行きぬ。（句読点、振り仮名等、筆者）

と書きはじめられる一文である。
　吉野左衛門は、明治十二年（一八七九）に東京に生まれ、大正九年（一九二〇）、数え年四十二歳で没している。東京専門学校政治経済科卒。明治四十三年（一九一〇）、京城日報社社長。子規入門は、明治二十八年（一八九五）という（松井利彦編『俳句辞典　近代』桜楓社、参照）。「子規子の厄月」には、明治三十二年（一八九九）五月十日に子規の小品（日記）「牡丹句録」の一部を代筆したいきさつが詳しく書かれていて貴重である。それとは別に、同文中には、歯に衣《きぬ》着せぬ忌憚のない子規評が記されており、大いに注目してよいかと思われる。明治三十三年、子規は、もちろん存命中である。左衛門は、二十二歳。そのあまりにも率直な物言《ものいい》に驚嘆させられる。『美文韻文白百合』、当然、子規のもとにも届けられたであろうから、左の左衛門の子規評を、子規が披見したであろうことは、間違いない。

俳人としての子規子は、大々的成功を見たり。日本文学亡びざる限り、子規子の名は万代不滅なるを以て、死すとも憾《うらみ》なかるべしと雖《いへども》、慾《よく》には今四、五年の寿《ことぶき》を仮して、腐敗したる歌界を改革せしむるを得んか。余は絶対的に子が歌と歌論とに心酔する者にあらざれ共《ども》、其《そ》の奇抜なる詩想と融和したる万葉振りの形と調（就中）と其の嶄新奇警、能《よ》く一頭地を挺《ぬき》んでたる識見とは、今は縦《よし》四面楚歌の中に在りと雖も、或一部の知己《ちき》と共に鋭意し

> て屈せずんば、優に天下を風靡するに足るべきを信ずる者なり。

再度言うが、左衛門は、子規より十二歳年少である。根底に子規に対する敬愛の思いがあってのこととはいえ、子規の余命にまで及ぶこの傍若無人な物言《ものいい》には、ただただ呆気《あっけ》に取られるばかりである。「度量が広い」と言われた子規ではあるが、どのような思いで、この一文に目を通したであろうか。

左衛門は、また、左のごとき不折の子規評をも紹介していて貴重である。

> 余の最も子に心服する所は、其《そ》の美術眼にして、画家中村不折の如き、子を賞して、最も話せる評論家なりと云ふ。不折は子の親友にして、子は彼れが画を俳諧的審美眼より観察し、不折は又、子の俳句を絵画的審美眼より研究し、共に裨益する所尠《すくな》からず。不折喟《き》然《ぜん》として（筆者注・嘆息して）余に語りて曰《いは》く、天下余の画を知る者は唯《たゞ》子規あるのみ。子にして若し亡せば、誰かまた我《わが》画を見る者ぞと。

これまた、すこぶる興味深い子規評価の言である。

# 子規と中村楽天

中村楽天なる人物がいる。慶応元年（一八六五）に生まれているので、子規より二歳年長。昭和十四年（一九三九）に没している。享年数え年七十五。二六新報に勤務する新聞記者であったが（『日本近代文学大事典』の柳生四郎氏稿「中村楽天」の項参照）、『明治大正文学美術人名辞書』（立川文明堂、大正十五年四月刊）では、楽天を俳人として遇して、左のごとく記し、作品五句を紹介している。

名は修一、播州の人、夙《つと》に俳句に志して一家をなすに至つた。（中略）
朝顔や枯竹攀ぢて垂れ咲けり
野分庭に尻向け合ふて鉢木かな
虫聴くや枚方近き船の中
凩や墓焦がし燃ゆる束線香
病める子に藪《（数）》人の友尋ね来し
現住所　東京市外大井町一一〇九

五句、「写生」を基調とする句作りであるが、「野分庭」「束線香」等、言葉遣いがやや生硬なように思われる。楽天は、明治四十四年（一九一一）に『明治の俳風』（籾山書店）なる著作を公刊しているが、その巻末で、子規の生涯を作品とともに丁寧に描出している。

子規とのかかわりの詳細を論述する準備は今ないが（『なじみ集』には未収録）、日記『仰臥漫録』の明治三十四年（一九〇一）九月十六日の条に左のごとき記述が見える。

二六ニアル楽天ノ紀行ヲ見ルト、毎日西瓜ヲ食フテ居ル。羨マシイノ何ノテ、。

楽天は、明治三十五年（一九〇二）七月、子規が披見していた「二六新報」（明治二十六年創刊、明治三十三年再刊。『日本近代文学大事典』の大屋幸世氏稿「二六新報」の項参照）連載の「紀行」を『徒歩旅行』（俳書堂、明治三十五年七月九日刊）と題して一本にまとめている。そして、その序文「徒歩旅行を読む」を子規が認《したた》めているのである。二人の間に交流があったことは間違いなかろう。この序文を子規がいつ執筆したかは定かでないが、明治三十五年に入ってであることは、子規が序文中に「去年、此《この》紀行が二六新報に出た時は炎天の候であつて、余は病牀に在つて、病気と暑さの夾《はさ》み撃ちに遇ふて唯煩悶を極めて居る時であつたが、毎日此紀行を読む事は楽しみの一つであつた」と記していることから明らかであろう（先の『仰臥漫録』の記述参照）。楽天の「徒歩紀行」は、明治三十四年七月一日から十二月十七日にわたって試みられている。ちなみに『徒歩旅行』出版時の楽天の住所は「東京市芝区南佐久間町二丁目十七番地」（奥付）。先の『明治大正文学美術人名辞書』記載の住所は、その後《あと》転居のそれであろう。

子規の序文は、楽天の「紀行文」を非常に高く評価している。まず前半部で、

楽天の紀行は、毎日必ず面白い処が一、二個処は存じて居る。これが始めに徒歩旅行を見た時に余が驚嘆して措《お》かなかつた所以《ゆゑん》である。つまり徒歩旅行は必要と面白味を兼ね備へたもので、新聞記者の紀行としては理想の極点に達したといふても善い位であると思ふ。

と讃美し、さらに後半部で再び、

楽天の文は既に老熟の境に達して居て、ことさらに人を驚かす様な新文字も無いけれど、其《それ》でありながら又人を倦まさないやうに処々に多少諧謔を弄して山を作つている。実に軽妙の筆、老錬の文といふべきである。（傍点筆者）

と同主旨の讃辞を繰返して、称賛を惜んでいない。面白いのは、左のごとく、この序文でもまた「西瓜」にこだわっていることである。

毎日西瓜何銭といふ記事があるのを見て、此記者の西瓜好きなるに驚いたといふよりも、寧ろ西瓜好きなる余自身は三尺の垂涎を禁ずる事が出来なかつた。

いかにも子規らしいではないか。

# 阪井久良岐宛伊藤左千夫の書簡 ―― 子規の病状を詳しく報告 ――

子規門の歌人に阪井久良岐《さかいくらき》（久良伎とも）がいる。後《のち》川柳作家として活躍する久良岐である。明治二年（一八六九）の生まれであるので、子規より二歳年少。その久良岐に明治三十六年（一九〇三）五月刊の『明治畸人伝』（内外出版協会）なる出版物があることは、あまり知られていないかもしれない。書名からも明らかなように、伴蒿蹊《ばんこうけい》の『近世畸人伝』（正編寛政二年、続編寛政十年刊）に倣《なら》ったもので、宮武外骨《みやたけがいこつ》、仮名垣魯文《かながきろぶん》等、明治の畸人四十八名を紹介したものである。

その一人に正岡子規が入っているのであるが、久良岐は、子規の横顔を自ら紹介するのではなく、子規門の歌人伊藤左千夫の久良岐宛書簡を用いて紹介している。左千夫は、元治元年（一八六四）の生まれであるので、子規より三歳年長。久良岐によれば、手紙の日付は、明治三十四年（一九〇一）六月四日。この手紙、講談社版の『子規全集』第十一巻（「随筆一」）の『参考資料』欄には、明治三十四年「新聲」六月号からとして「子規子の近状」の題で収録されている。岩波書店版の『左千夫全集』も、書簡としてではなく、「子規子の近状」を収めている。今、句読点、濁点、振り仮名等を補いながら左に引いてみる。当時の子規の病状が手に取るようにわかり、貴重である。『明治畸人伝』によって、左に掲げる。

前略、正岡氏の病状は近来ます〳〵宜《よろ》しからず、中々世人《せじん》の想像するが如き者に非《あら》ず。恐らく同人中にても、同氏の病苦を半分知り居《を》る者なき位《くらゐ》に候。五日は二回尋ね、九日一回、卅日一回尋ね申候。此《この》朔日にはウン〳〵云ひ通しにて、トウ〳〵話も出来ずに帰り申し候。此《この》二、三ヶ月以来は、行けば先《ま》づ苦しき話、痛き話にて、ソレを同情をもて聞きゐる中に、段々興に乗りて文学談も終《つ》ひに出《い》でくるのが常に候。昨日も少し楽との事にて話致し候。併《しかし》ウン〳〵唸ることは絶え不申《まうさず》候。当日の話の概略申上候前に、病状の有様を一寸可申上《まうしあぐべく》候。六畳の畳に所々麻糸にて手掛りを設け、これに縋《すが》りて僅かに体を動かすが為めに候。又鴨居の東西に麻縄を張り、ソレより白木綿の紐を吊りて、幾分か体を浮かして痛み所をゆるめるために候。足杯は自分で一分《いちぶ》も動かすこと叶はず候。痛所無きは顔と手のみに候。手にいくらか力ある許《ばか》りで生きてゐるだらうと昨日も申され候。毎日繃帯を替へる時などは苦痛にて泣通し、熱は、毎日三十九度内外。これにて活《いき》てゐるのが寧《むし》ろ不思議だと申したき位に候。先日以来「墨汁一滴」も悉《ことごと》く令妹に代書させ候。自身にて筆を執《と》ることは及びもなきことにて候。気が短くなツて腹斗《ばかり》立て居《を》る様子に候。如斯《かくのごとき》間にも尚《なほ》俳句は偶《たま》にやり候。歌はもう出来なくなツたと申《まうし》候。先月始めの五十首の歌は終りかと思へば、泣かずには居《を》られず候。（中略）如斯《かくのごとき》迄に衰へ候得共《ども》、文学思想の標準は少しも狂ひ不申《まうさず》、此《この》点は全く神かと存じ候云々。

子規に対する左千夫の心酔ぶりが窺われる。左千夫、秀真《ほつま》、義郎《ぎろう》、碧梧桐、虚子、鼠骨が、毎日交代で看護することに決めたのは、翌明治三十五年（一九〇二）三月末のことであり、右の書簡より後《あと》のことである。が、すでに、この時点で、左千夫が頻繁に子規庵に顔を出していたことを窺知《きち》し得る。明治三十四年（一九〇一）の左千夫の子規庵訪問を右の書簡で整理すると左のようになる。

五月五日　一日に二回訪問
五月九日　一回訪問
五月三十日　一回訪問
六月一日　訪問するも話をせず辞去

先の『子規全集』『左千夫全集』が収める左千夫の「子規子の近状」の本文と、右に紹介した久良岐宛左千夫書簡は、当然のことながら、本文の文言を異にする箇所がある。左千夫が久良岐宛書簡の内容を流用したということなのであろうか。あるいは、その逆か。今は疑問のままとする。

## 病床からの「馬鹿野郎糞野郎」

歌誌「こゝろの華」第五巻第二号（明治三十五年二月一日発行）の「雑俎」欄に「こゝろの華」の編集員が一月十四日（明治三十五年）の夜に子規庵を訪問した折の記録が紹介されている。左のごとし。

今や其薬（筆者注・麻痺剤）も効なく二六時中只の一秒時も苦を忘らるゝことかなはず、涙を流してウメかれ申候。旧臘（筆者注・明治三十四年十二月）より碧巖集など折々は見られ申し候ひしが、それよりは言葉つき至つてあしく、うめかるゝにも馬鹿野郎、糞野郎、乃至はコン畜生などの語をさしはさまれ申候。電話を以て医師を呼ぶに、在《あ》らず。為めに重ねて麻痺剤を用ゐやうやく寸時の眠をとられ申候。

「こゝろの華」の編員は、子規が苦痛の中で発する「馬鹿野郎、糞野郎、コン畜生」などを、中国宋代の禅の書『碧巖録』（『碧巖集』）披見の影響によるものと解説している。この記事、言うまでもなく子規生存中のものである。

子規と『碧巖録』とのかかわりについては、昭和三年（一九二八）九月十九日発行の「日本及日本人」所収の赤木格堂稿「追懐余録」の中に述べられている。格堂は、明治十二年（一八七九）生まれの子規門の俳人であり、また歌人でもある。岡山県の生まれ。子規に江戸末期の万葉調の歌人である平賀元義《ひらがもとよし》の存在を知らしめた人物として知られている。

私は「禅宗の碧巌録を読まれたか」と問ひしに、未《ま》だ見ないとの事であつた。早速翌日持つて行き、御一読を勧めた。其時は迷惑さうな顔で受取られたが、其次に伺つた時は「アレは実に名文だ、あゝいふ本があつたのなら、早く読めばよかつた。写生文をやるものは、是非〳〵碧巌録を読まねばいかん。実に山ばかりだ」と驚かれた。（中略）其後一ヶ月余りは、毎日病床で碧巌録を愛読され、時々は声を放つて、其の中の或る偈《げ》を暗誦されたり、自分でも偈を作られて、紙に書かれたり、又自作の画に其偈を題されたりした。一度面白い画讃が出来た時「之《これ》は格堂でなければ解らぬから格堂へやる積り」と云はれたのを、左千夫に横取されて、喧嘩をした事もある。

ということで、子規に『碧巖録』の面白さを伝えたのは、赤木格堂であったことが明らかにされている。そして、例の「馬鹿野郎、糞野郎」についても、次のように記している。

三十四年（筆者注・明治）の秋からは、病床の御苦痛が一層増進した。腰の骨が段々深く腐り込むのだらうかと思へた。二時間位ひも、続けざまに声を放つて号泣され、傍に居てはら〳〵した。痛い〳〵と泣かれる外《ほか》に、看護の母堂や令妹を馬鹿野郎と罵られ、糞野郎と叫ばれる。斯《こ》んなに痛む時には、鎮痛の為《た》め、かねて用意のモヒを飲まれた。其《その》モヒが利《き》いて来ると、今度は浪風が和《な》いだ海のやうに穏かになられ、始めて一家泰平となる。野分の後のやうに、不思議な程の上機嫌に変られる。そして母に済まなかつた、失礼したとわびられ、悔《くい》られるのを常とした。

晩年の苦痛の中での子規の生活が、母、妹との関係の中で活写されている。子規の日常は、子規にとっても、母、妹にとっても、決して生やさしいものではなかったのである。そんな中での子規に、左のごとき偈がある。

馬鹿野郎糞野郎、一棒打盡金剛王、
再過五臺山下路、野草花開風自涼。
病床㊥　子規

格堂は、「墨痕淋漓《ぼっこんりんり》と、病筆とは受取《とれ》ない程、鮮かな行書で、三行に書かれ」ていたと伝えている。子規最晩年の境地から生まれたものとして味わい深い。

# 岩動炎天《いするぎえんてん》の伝える子規

大正六年（一九一七）、俳誌「渋柿」十月号は、「子規十五周忌号」を特集している。松根東《まつねとう》洋城《ようじょう》の主宰誌である。東洋城自身のもののほか、諸家のエッセイ五篇（全六篇）を収載している。その中の一つに岩動炎天《いするぎえんてん》の「子規居士追懐」がある。炎天は、明治十六年（一八八三）に岩手に生まれ、昭和三十八年（一九六三）に、数え年八十一歳で没している。医師。一時、俳誌「断層」「俳星」等の主宰になっている（大塚毅編著『明治大正俳句史年表大事典』参照）。「子規居士追懐」によれば、炎天が子規に会ったのは、一度きり。明治三十五年（一九〇二）五月三十一日という。従来の「年譜」の類《たぐい》には記されていないので、追加しておくのがよいであろう。

千駄木の兄の下宿から一人飄然と飛び出て、知らぬ道を聞き〳〵ネルの単衣に汗をかきつゝ根岸にたどりつき、正岡常規といふ表札の門をうれしくくゞり、所謂《いはゆる》根岸庵へ参つたのです。時は朝の九時でした。先生にお目にかゝれるうれしさはあれど、何となくこわい様にも思はれたのです。何んだ青二才がと叱られはしないかと。

この時、炎天、数え年二十歳。盛岡中学校在学中であったと思われる（卒業は、明治三十六年）。この時の様子が次のごとく記されている。最晩年の子規の様子が窺われ、貴重な描写である。句読点は、私に補った。

挨拶もろくに出来ずに病床の御側へ座つて、永年病魔に悩まされて頭ばかり大きく、御顔は痩せ衰へ、腕は箸の如く細り給ひし御容態を見た時は、悲しき涙にむせばざるを得ませんでした。先生は、よく来てくれた、今日は幸ひ病気も楽で少し退屈をしてゐたといふ御言葉でした。先生は、此頃《このごろ》、病苦烈しき為に訪問客を可成《なるべく》避けてゐらつしやる事を知りつゝ伺つた私は、一層恐縮にたえ（へ）なかつたのです。が、先生の御容態、殊の外《ほか》よろしきは嬉しく、知らず〳〵御話を伺ひつゝ時間を過ごしました。

後《のち》に京都医学専門学校に進学した炎天らしい観察眼である。死の四ヶ月弱前の子規の様子の描写である。頭が大きく、顔が痩せ、腕が箸のように細かったと、十五年前を回顧している。子規、三十六才。十六才年少の若い初対面の俳人を、病苦の中でよろこんで迎え入れている子規に、その人間的魅力の一端を窺うことができるであろう（この訪問以前、明治三十三年ごろより、炎天は「日本新聞」に作品を投稿し続けていたので、子規も、その名前は認識していたであろうが）。

炎天は、この文章の中で、子規の面白い質問を紹介している。次のごときものである。

私の初めて東京へ出た感想を問はれました。私は何と言つてゐゝかと考へてゐると、先生は、又口を継いで、想像したより広いと思ふか、狭いと思ふか、と直接法で聞かれました。その時、又どつちにしやうかと思ひ迷いつゝ、つい狭いと思ひます、と申しましたら、予の考とは違ひますネ、予は初めて上京した時、想像以上実に広いと思つた、それは町から町へと歩けば歩くほど果しがない、何処へ行つても街続きだ、全く広いではないか、と仰言つたのです。かういはれて見ると如何にも広い様に思はれました。先生は、先づこんな所で人の着眼点を試験されたのでせう。私は、首尾能《よ》く落第したのです。

子規と炎天の、この問答に関しては、私は、まったく子規に同感。横浜の住人であっても、東京は広い、との思いを強くする。この問答も、子規の一面が窺え、貴重であろう。最後に炎天の、子規を偲んでの一句。

糸瓜忌や鶏頭の露したゝかに　炎天

# 夏目漱石夫人の伝える子規

夏目漱石夫人鏡子の口述で、女婿《じょせい》（漱石・鏡子の長女筆子の夫）松岡譲が筆記した『漱石の思ひ出』の初版が改造社から出版されたのは、昭和三年（一九二八）十一月である。この時、鏡子、数え年五十二歳。漱石は、大正五年（一九一六）、数え年五十歳で没している。漱石と鏡子の年齢差は、十歳。

私が、今、テキストとして用いようとしている『漱石の思ひ出』は、初版が昭和四年（一九二九）十月に出ている岩波書店版である。私の架蔵本は、昭和五十七年（一九八二）九月に出版されている第十一刷。

『漱石の思ひ出』は、漱石と鏡子の関係を鏡子の側から率直に語ったものとして興味深いが、その間に、二人の周辺の人物にも目配りがされていて、これがまた貴重である。そんな人物の中の一人に、当然のことながら漱石の親友子規がいる。従来の子規研究において注目されることはなかったが、子規の人間性を窺うことのできる第一級のエピソードが語られている。

最初のエピソードは、新婚間もない明治二十九年（一八九六）九月の一週間の九州旅行直後の話柄の中に見える。

帰つて来てから旅行中の俳句を沢山作つて子規さんの処へ送りました。其頃はよく俳句を作つて居りまして、それを又丹念に巻紙や半紙に書いて、子規さんのところへ送るのでした。今でもその頃の句稿が沢山残つて居りまして、それには子規さんが朱筆で点を打つたり、丸をつけたり、評を書いたり、添削したりして居ります。自分でも余程興が乗つてゐたものと見えて、句を作るのは勿論のこと、よく金を送つては、子規さんあたりから活字本の七部集だとかいつた俳書を買つて貰つて、食事をする時にも傍に離さずおいて熟読してゐたこともあります。（傍点筆者）

この部分には、それほどには目新しい記述はない。鏡子夫人の手もとに残されていた子規評・添削の漱石句稿の中のいくつかは、講談社版『子規全集』第五巻の「夏目漱石俳句稿評」の中に含まれているのであろう。漱石が、子規に依頼して入手した「活字本の七部集」とは、安永三年（一七七四）刊の版本『俳諧七部集』（中本二冊）か、あるいは寛政七年（一七九五）刊の版本『俳諧七部集』（半紙本七冊）か。明治二十五年（一八九二）には、文字通り活字本の『校正俳諧七部集』（今古堂）他何種類かの活字本が出版されている。

面白いのは、次のエピソードである。漱石の潔癖ぶりと、子規の無頓着ぶりが窺えて、大いに注目してよい。

俳句のことで思ひ出しましたが、これは多分後のことだと思ひますが、熊本の新俳壇には何かと尽力もした模様で、殊に紫瞑吟社といふ俳句の団体にはいろ〳〵肩も入れてゐたらしうございます。そんなことから自然子規の話なんぞも折にふれて出て参りまして、子規て奴は横着で穢い奴だ。下宿に居る頃、真冬になると火鉢をかゝへ込んで厠へ逆に入つて、あたり乍《なが》ら用を足して出て来て、その火鉢ですき焼をして食ふんだなんて申してゐたことを覚えて居ります。何しろ自分では、毎日欠かさず下駄の歯を洗ひ、さうして三四度も廊下に雑巾をかけるといふ潔癖な姉さんを見てゐるのですから、中々きれい好きでした。

そんな子規の意外なやさしさを窺うことのできるエピソードも伝えている。明治三十二年（一八九九）五月三十一日に長女筆子が誕生した折の話である。

翌年の初雛に子規さんが三人官女を送つて下さいました。もとより余り上等の雛ではございませんが、今でも長女は記念にそれを秘蔵して居ります。

# 虚子稿「病床の子規居士」小考

虚子は、昭和十八年（一九四三）十月二十日、甲鳥書林より『正岡子規』なる一本を出している。甲鳥書林編集部の「土橋君」の慫慂《しょうよう》によってまとめられた一本という（虚子の「序」参照）。第一部の「柿二つ」と「子規居士と余」を中心とする本であるが、第二部「補遺」、第三部「語録」、第四部「子規俳句評釈」も子規像を明らかにする上で貴重。第二部「補遺」篇全十篇の中に「病床の子規居士」なる小文が収められている。巷間、子規周辺の人々によって喧伝されているような陽光溢れるごとき子規庵ではなく、陰鬱なる子規庵を描写していて貴重な一文である。読む者をして、陰陰滅滅とした気分に誘《いざな》うがごときの文章である。虚子なればこその率直な描写であろう。

この一文に対して、「甲鳥書林編輯部」（「土橋君」と思われる）の付した「解説」は、「発表年次及び初出の場所」について言及し、

　病床の子規居士　大正年間と推定　不明

と記している。発表年次も、初出も不明であるというのである。編集者がどこからか集めてき

た資料だったのであろうが、成立、発表誌がはっきりしなかったのであろう。小稿は、まず、それについての報告からである。

出典は、私が近時入手した高浜虚子著『朝の庭』がそれであると思われる。大正十三年（一九二四）六月二十日、改造社より刊行されている単行本。「改造社随筆叢書第四篇」である。この『朝の庭』の巻末に「病床の子規居士」一篇が置かれていて、その末尾には、執筆年次「大正十三、五」が見える。すなわち、『朝の庭』が出版される一ヶ月前の執筆ということであり、「病床の子規居士」は、『朝の庭』に収録するために新たに書下《かきおろ》されたものではないかと思われる。ちなみに、大正十三年（一九二四）五月、虚子は、数え年五十一歳。

「病床の子規居士」は、次のように書きはじめられる。

子規居士の家庭は淋しかつた。病床に居士を見舞ふた時の感じをいふと、暗く鬱陶しかつた。先づ表戸を開けるとリリリンと鈴がなつて、狭い玄関の障子が寒く締まつて居るのが眼にとまる。

虚子の筆力に圧倒される。梅雨時の畳の上を素足で歩くような陰鬱さが伝わってくる。これが、子規庵の雰囲気を比較的正確に伝えているのかもしれない。文中、虚子は、ある日の訪問時の子規との会話を再現している。私が小さい頃聞き慣れた伊予弁が見事に再現されていて、なつかしさを禁じ得ない。

「何か食べるものはないのかなもし。」と居士は突然高声に呼ぶ。

「さうよ、生憎何もない。」と母君が答へられる。

「芋はないのかなもし。芋があれば芋でもお焼きなさいや。」と居士がいふ。

やがて令妹のお律さんが、芋を薄く切つて胡麻をつけて焼いたのを皿に入れて持つて来られる。

「お母さんも来て清《きよ》さんと一緒にお食《あが》りなさいとお言や。」と居士はいふ。

熱い焼芋はおいしい。私は焼芋は余り好きでないのであるが、此《こ》の場合好き嫌ひを論ずる遑《いとま》なしに、舌にのせて味つて居るうちにどうやらおいしい心持がする。

「一緒にものを食るといふやうな場合は殆どないからな。」

と居士はお律さんがお母さんを呼びに行つたあとで私に向つていふ。誠にお母さんやお律さんは暗い茶の間で音も立てずに食事を取つて居られることは屢々《しばしば》私の見受けたところである。

「お律さんもいらつしやいませんか。」と私は襖越しにいふ。

映画のワンシーンのような迫力のある描写である。子規一家のつつましやかな生活が髣髴とし、胸が熱くなってくる。

# Ⅳ　子規を巡る文学者たち

## 「汽笛一声」なる語は、子規の創案か

神奈川大学エクステンション講座での三回にわたっての正岡子規の紀行文「旅の旅の旅」を読み了《お》えた。明治二十五年（一八九二）十月十三日に大磯を発ち、箱根、伊豆を経回《へめぐ》り、十月十六日に大磯に戻る小旅行の記録である。「日本新聞」に連載の後、明治二十八年九月五日刊の『増補再版獺祭書屋俳話』（日本新聞社）に収められた。

汽笛一声京城を後にして五十三亭一日に見尽すとも水村山郭の絶風光は雲煙過眼よりも脆く写真屋の看板に名所古跡を見るよりも猶はかなく一瞥の後また跡かたを留めず。

と書きはじめられる。「水村山郭」の措辞は、言うまでもなく杜牧《とぼく》の「江南春絶句」によっている。左の通り。

千里鶯啼緑映紅
水村山郭酒旗風
南朝四百八十寺

多少楼臺煙雨中

蕉門の嵐雪もこの詩を踏まえて〈はぜつるや水村山郭酒旗風〉の一句をものしている。

それはいいのであるが、私が気になったのは、冒頭の「汽笛一声」なる語。中島幸三郎著『鉄道唱歌物語』(交通日本社、昭和三十九年五月刊)に「汽笛一声といえば『鉄道唱歌』を思い出し、『鉄道唱歌』といえば大和田建樹を思い出すほどに有名である」とあるように、まず思い浮かぶのが国文学者、歌人の大和田建樹《おおわだたけき》作詞の「鉄道唱歌」であろう。小学館の『日本国語大辞典』の「一声」の項にも大和田建樹の「鉄道唱歌」が用例の一つとして挙げられている。「汽笛」なる語は、明治になって誕生した日本漢語。佐藤亨著『現代に生きる幕末・明治初期漢語辞典』(明治書院、平成十九年六月刊)に立項され、四用例が示されている。が、四例中三例までは汽船の例である。佐藤亨氏が示される四例の他に、夏目漱石の『坊ちゃん』(「ホトトギス」明治三十九年四月号)中の、

やがて、ピユーと汽笛が鳴つて、車がつく。待ち合せた連中はぞろ〳〵吾れ勝に乗り込む。赤シャツはいの一号に上等へ飛び込んだ。

との一節などがある。この「汽笛」は、汽車の「汽笛」。

大和田建樹は、安政四年（一八五七）伊予宇和島の生まれ。子規より十歳年長。『明治文学史　全』（博文館、明治二十七年十月刊）をはじめ厖大な著作を残しているが、子規との直接的接点はない。その著作の中に明治三十三年（一九〇〇）五月刊の『地理教育鉄道唱歌　第一集』（三木書店）がある（第五集まで出版されている）。その一番が、あまりに有名な、

汽笛一声新橋を
はや我汽車は離れたり
愛宕の山に入りのこる
月を旅路の友として

である。ちなみに、この詞、上真行《うえさねつら》、多梅稚《おおのうめわか》の二人によって曲が付されている。一般に広く唱われているのは、多梅稚の曲である。

そこで私が気になった最初の問題に戻る。私は、最初、てっきり、子規が「鉄道唱歌」の一節を掠《かす》めたものだと思ったのである。ところが、話は、逆だった。先にも少し述べたように、子規の「旅の旅の旅」が発表されたのは、「日本新聞」の明治二十五年十月三十一日から十一月六日まで四回にわたっての連載で、それを明治二十八年九月五日刊の『増補再版獺祭書屋俳話』に収録したのであった。いずれにしても、大和田建樹の「鉄道唱歌」より、子規の「旅の

旅の旅」が先行するのである。子規の「旅の旅の旅」を大和田建樹が披見していた可能性は十分にある。が、「鉄道唱歌」の大流行によって「汽笛一声」なる語は、大和田建樹の専売特許のように受け止められている。子規の思いは、いかがであったであろう。

もっとも、子規は、明治三十四年(一九〇一)、

餅《もち》搗《つき》にあはす鉄道唱歌かな

の一句を作って二月十七日付「日本新聞」に発表しているので、あまり気にしていなかったのかもしれない。

# 「椎の友」と子規

「にひはり」という俳句雑誌がある。伊藤松宇を主宰に、明治三十六年（一九〇三）六月六日に発会した秉燭会《へいしょくかい》の機関誌である。明治四十五年（一九一二）六月六日発行の「にひはり」第二巻第六号は、「十周年記念号」を編《あ》んでいる。

今、注目しようとしているのは、そこに収められている森猿男《もりさるお》の〈椎の友と雑誌「俳諧」〉なる一文である。猿男は、文久元年（一八六一）に生まれ、大正十二年（一九二三）に没している（松井利彦編『俳句辞典　近代』参照）。松宇より二歳年少、子規より六歳年長である。その猿男の回顧談、子規の動向を窺う上ですこぶる貴重である。必要箇所を摘記しつつ、多少の私見を加えてみたい。

猿男は、まず「椎の友」成立のいきさつを左のごとく記している。

> 松宇君横浜より来りて、浜町に居を占めて居た時分、同君が俳句をやるので、僕も猿屋町に住んで居て、町名を取つて猿男と付け（筆者注・本名は森簾次郎）、初めて俳句をやつて見た。擔《（檐）》並びに桃雨といふ人が居た。本所に桂山といふ人が居た。共に誘ひ込んで、各家巡番に集会しては、句を作るを楽みに仕てゐた。松宇君、或日理髪店で知り合ひに成つ

たとて、得中といへる人を引張つて来て、仲間に入れた。ソコデ何とか会名を付けなければならぬが、何々連、何々会も、月並者流と見られて面白くない。何としたもので有らうと凝《(擬)》議の末、誰の提案であつたか（筆者注・松宇は自らと言う）、

先づたのむ椎の木もあり夏木立　芭蕉

といふ句に依りて「椎の友」は如何だらうとの事に、皆手を打つて賛成し、即座にそれと名を極めた。是は忘れもせぬ二十四年の青葉茂る五月の初めであつた。

全体、面白いが、「椎の友」の結成が、明治二十四年（一八九一）五月初旬であると明記されている点は、特に注目してよいであろう。そこで、この「椎の友」と子規とのかかわりであるが、猿男は、左のように記している。

子規君の椎の友に這入つたのは、此年《この》（筆者注・明治二十五年）の秋であると思ふ。翌廿六年春に、再び又春興を摺つたが、此時《この》は子規君も加はつて、六名となつた。これは鳴雪君が既に評釈までも入れて前号で発表してあるから、此《ここ》には略しておく。其《それ》から間もなく、子規君が鳴雪君を同道してやつて来たが、それからといふもの、此会《この》は非常に活気を呈して来て、随分徹夜して句を闘はした事も少くは無かつた。

ここに見える「春興」とは「春興帖《しゅんきょうじょう》」のことで、歳旦吟、春季吟を収めて小冊子として版行したものである。明治二十五年（一八九二）に一冊目を出し、明治二十六年（一八九三）の二冊目に子規が加わったというのである。その時の子規句と、それに対する批評は、猿男が言っているように、「にひはり」第二巻第二号（明治四十五年二月発行）の中の鳴雪稿「不倒翁句評」の中で、鳴雪が左のごとく記している。

小松曳袴の泥も画にかゝん　子規

袴の泥を想ひ遣《や》り、尚《な》ほそれを画にかき入れんとまで云ふのは、気が利き過ぎて、それ丈《だけ》雅致に乏しい。作者は当時、まだ幾らも好い句があつたのであるに、ナゼ態態《わざわざ》こんなものを持ち出したか気が知れぬ。然《しか》し筆者永機翁（復本注・七十一歳の永機にこの「春興帖」を浄書してもらったのである）に於ては、此《この》第三句（復本注・この前に松宇の〈はつ空や山紫に水白し〉、桂山の〈大夢の境目に立つ初日哉〉があった）に至つて始めて笑顔をせられたことであらうと想像する。

子規句、「小松曳《こまつひき》」はややクラシックに過ぎるように思われるが、鳴雪が評するほど悪い句ではない。

# 子規『なじみ集』における虚子句の読み方

正岡子規の新出資料『なじみ集』の翻刻作業、索引作成作業にかかわっていると、思わぬことが判明して興味は尽きない。

『なじみ集』の中には、高浜虚子句が、三百七十三句収録されている。内藤鳴雪句が五百八十三句、五百木飄亭句が三百八十、河東碧梧桐句が三百十八であるから、鳴雪、飄亭に次ぐ収録句数ということになる。ちなみに、『なじみ集』中の収録俳人数は、「無名」「失名」を除いて、全部で九十八名である。虚子の句数は、九十八名中の第三位に位置するわけである。編者子規との親密さの一端を示しているものと見倣《みな》してよいであろう（無論、親密さの度合が、必ずしも収録句数の多少によらない部分があることは、言うまでもないが）。

虚子句三百七十三句の中には、多くの新出句が含まれていると思われるが、残念なことにそれを即座に明らかにする手立がない。例えば、碧梧桐の場合には、栗田靖編『碧梧桐全句集』（平成四年四月、蝸牛社刊）が備わっているので、碧梧桐句三百十八句中の新出句は、容易に抽出し得るのである。碧梧桐に比べて、今日の俳壇に絶対的な影響力を持っている虚子の全句集が、今だに備わっていないことは、俳句界にとって大きな損失であろう（『定本高濱虚子全集』は、全集の体を成していない）。今日、多くの虚子論に関する著作が出版されているが、それよりもまず、地道な作業ではあるが、『虚子全句集』の出版が企図されるべきであろう。東西に虚子記念館がありながら、そのような声が上がらないのも不思議なことである。『なじみ集』の影印、翻刻、公開を機に『虚子全句集』の企画を切望しておく。

私が今、注目しようとしているのは、『なじみ集』中の虚子句三百七十三句の中の左の一句。「春」の部に見える。

姉妹の土筆つむ也馬のしり

上五文字を採取しての索引の当初の一覧表には「あねいもうとの」とあった。が「あねいもうとの」ではリズムが悪い。できれば五・七・五のリズムで収めたいところである。『定本高濱虚子全集　第四巻』(昭和五十年四月、毎日新聞社刊)には、「ホトトギス」昭和三十三年(一九五八)四月号掲出の、

姉妹の著《着》物貸し借り花の旅

の一句が収められており、同書の巻末の索引の「き」の項に「姉妹の」として掲出されている。全集の編者(編集委員は、高濱年尾、福田清人、深川正一郎、松井利彦、山本健吉の五氏)は、「き

やうだいの」と読んだのであろう。こう読めば、件《くだん》の〈姉妹の土筆つむ也馬のしり〉の句の読みも、しっくりする。が、近時、必要あって何回も『子規全集』を繙読しつつあった私は、この句、どこかで読んだ記憶があった。そこで『子規全集』をあちらこちらと繰っていたところが、捜当《さがし》てることができたのである。『子規全集　第十三巻　小説　紀行』(昭和五十一年九月、講談社刊)の「紀行」の部に収められている「発句を拾ふの記」の中に見えたのである。子規と虚子との二人の探梅散策の記である。その中に問題としている虚子句が、

姉妹《おとゞひ》の土筆《つくし》摘むなり馬の尻《しり》　虚子

として収録されていたのである。初出は「小日本」の明治二十七年(一八九四)三月二十四日付号。念のため同紙によって確認したところ、振り仮名は、初出のままである。ということで、「姉妹」は「おとゞひ」と読むべきことが判明した次第である。虚子と二人の日帰り小吟行での虚子句であるので、まず間違いあるまい。大槻文彦著『言海』(明治二十九年版、吉川半七刊)は、「おととひ」と清音で立項しているが、「おとゞひ」は、伊予松山の方言であるようである(岡野久胤著『伊豫松山方言集』春陽堂書店、昭和十三年三月刊、参照)。一件落着したのであった。

## 「小日本」の「廃刊の旨趣」一件

正岡子規が新聞「小日本《しょうにっぽん》」の編集責任者であったことは、比較的知られていよう。そして、それが古島一雄の推薦によるものであることも。母体の「日本新聞」が「大新聞《おおしんぶん》」と呼ばれたのに対して「小新聞《こしんぶん》」と呼ばれた。「小新聞」とは、総ルビの平易な文章で書かれ、一般大衆を読者とするものである。明治二十七年（一八九四）二月十一日に創刊されているが、同年七月十五日には、はやくも終刊を迎えている。その終刊号の一面にすこぶる内容豊かな「廃刊の旨趣」なる一文が掲げられている。無署名であるが、子規自身によるものではなかろうか。その精神が、今日なお通用すると思われる部分を、左に摘記してみる。

射利の目的を以て発行する絵入新聞が、其《その》目的を達せんとするには、多数俗人の歓心を買ひ、嗜好に媚《こ》びざるべからず。是《ここ》に於てか他人の悪を発《あば》き、花街《くわがい》の消息を伝へ、淫猥《いんわい》なる小説を載せ、卑俗なる絵画を掲げ、以て其《その》計を得たりと為《な》し、恬《てん》として顧みず、社会多数の人を誘惑し、従つて世の風教を乱《みだ》るに至りては、袖手《しうしゆ》傍観すべきに非《あら》ず。況《いは》んや其《その》裏面を観《み》れば、此等《これら》諸新聞の流行は、一般社会の腐敗を証するに足《た》る者《もの》あるをや。是《これ》『小日本』が天下に率先して自《みづか》ら好んで逆流に立ち、以て此弊風《このへいふう》を矯正せんとせし所以《ゆゑん》にして、其《その》趣旨は発刊の当時已《すで》に明言したり。（中略）是《ここ》に於て『小日本』は務めて意を教育の事項に注《そそ》ぎ、絵画は小説の挿絵の外《ほか》更に高尚雅健なる者《もの》を掲げ、文学は優美なる小説の外更《ほかさら》に和歌俳句等に及び、以て実用と娯楽とを兼ねしめんとせり。（中略）我《わ》れ彼《か》れを矯正せんと欲す。彼れ我れを容《い》れざるや明かなり。容れられざる何ぞ痛まん。然れども苟《いやし》くも他を矯正するに意ありて、而《しか》も全く容れられざれば、之《これ》を矯正するに由《よし》なし。矯正するに由《よし》なければ則《すなは》ち止《や》まんのみ。

原文は総ルビであるが、句読点はまったく付されていない。そこで適宜ルビを削り、句読点を付した。右の口吻、子規のように思われるが、いかがであろうか。

子規（と思われる人物）の念頭にあったのは、先行する「射利」（手段を選ばず、利を得ようとすること）を目的とする「絵入新聞」（大きく括れば「小新聞」の範疇に入ろう）である。「一般社会の腐敗」に繋がるところのそれら「絵入新聞」の「弊風」を「矯正」すべく発刊されたのが「小日本」だったというわけである。ただし、結果としては「小日本」は、「社会多数の人」に「容《い》れられ」なかったのである。

そのあたりの事情を、後年、子規の友人五百木飄亭《いおきひょうてい》は、昭和三年（一九二八）九月発行の「日本及日本人」第百六十号（正岡子規号）所収の「追憶断片」の中で左のように記している。

「小日本」は経済的に行詰つて、半年もたゝぬに維持困難となり、その年の御盆に廃刊となつた。このとき正岡が廃刊の辞として詠つたのが、

盆に死ぬ仏の中の仏哉

といふのであつた。

真相はこの通りだったのであろう。要するに発行部数が伸びなかったのである。先の一文にも、子規（と思われる人物）の悔しさが滲み出ているように、私には思われる。この件は、これでいいのであるが、飄亭の右の一文によれば、〈盆に死ぬ〉の一句は、どう見ても子規句のように読める。事実、松井利彦編『俳句辞典近代』増補版（桜楓社、昭和五十七年五月刊）の「小日本」の項では「終刊の際に子規の句　盆に死ぬ仏の中の仏かな　が掲載された」と記してしまっている。が、終刊号に直接当たれば明らかなように、この句、蕉門の女流俳人智月《ちげつ》の作品である（『己《おの》が光』所収）。粗忽、かつ罪作りな飄亭、というわけである。

## 碧梧桐の痳疾と子規看護のこと

河東碧梧桐に『寓居日記』なるものが残っている。明治二十八年（一八九五）三月五日より六月一日までの日記である。その五月二十一日の条に左のごとき記述が見える。解読の便のために私に句読点、振り仮名等を施して掲出してみる。

昨日は、一日小便をする度《たび》に陰部にさきの痛きを覚えしが、其痲《(麻)》的にあらぬ由《よし》自信《じしん》し居《を》りしに、今朝見れバ黄色のうみ出たり。由《より》て其本《そのほん》ものなるを察し、急に新海《にひのみ》非風《ひふう》子のうちへ行きてスポイトを借り帰る。同家にて妻君（筆者注・一時「身を苦界に沈めて」いた女。碧梧桐「虚桐菴日記」参照）と少時雑談。帰途、複方タルリン三日分を求め、沐湯してかへる。時に十二時なり。小便する時ハ、其いたさ大分甚しけれど、平常は何ともなし。寝に到る迄、洗ふ事三度。しかし其倶合わからず。真に洗へるか洗へぬかしれず。虚子にはがきを出して之《これ》を報ず。寓にありて古白（筆者注・ピストル自殺を図り、明治二十八年四月十二日に没した藤野《ふじの》古白《こはく》。子規とは従兄弟の関係）終焉記をかく。夜一寸《ちょっと》出て解痲《(麻)》散を買ふ（一日分）。

『寓居日記』を繙《ひもと》くと、例えば四月二十六日の条に「吉原にありて、うつり香ゆかしき蒲団にくるまる。六時過大門を出《い》でつ」と見えるように、この期、碧梧桐はしばしば吉原に通っている。その結果としての痲病である。

「複方タルリン」「解痲散」は、痲病のための売薬と思われるが、詳しいことは明らかにし得ない。

この期の子規は、周知のように日清戦争従軍（記者として）の帰途、大喀血、県立神戸病院に入院中である（五月二十三日入院）。その情報は、もちろん碧梧桐にもすぐに伝えられる。五月二十五日の条に、

昼飯前、鳴雪翁来《こ》らる。玄関にて正岡帰着、神戸に上りしも持病発して神戸病院へ入院せし由を承る。蓋《けだ》し先生も之《これ》を報ぜんとてなり（筆者注・そのための鳴雪の碧梧桐訪問であったということ）。乃《すなは》ち直ちに虚子に此由《このよし》を報じ、陸《くが》氏（筆者注・陸羯南）に一書を走らせて、若《も》し正岡重病にて誰か当地より見舞に行く事あらバ吾を派遣してくれとたのみ遣《や》る。

と記されている。当時の動きが手に取るようにわかる貴重な資料である。

余談ながら、碧梧桐は、この日の前日、五月二十四日にも吉原へ行っている。次のように記されている。

直ちに藤本に上る。時に十時半頃なりし。（中略）梅野（筆者注・碧梧桐と馴染みの遊女）も外《ほか》に客なく、少しく酒のみて十二時頃床に入る。二時頃まで雑談、吾が痳《(麻)》の由《よし》話して一回も執行せず。

「藤本」は、京町一丁目の藤本樓。近くに例の角海老樓がある。碧梧桐は、目下自分が麻病であることを話して「一回も執行せず」と記している。病状が相変らずはかばかしくなかったのであろう。

ちなみに『寓居日記』のテキストは、講談社版日本現代文学全集『高濱虚子・河東碧梧桐集』（昭和三十九年九月刊）によっているが、「痳」がしばしば「痳」と誤植されている。「痳」は、本来、音「バ・メ」で中風《ちゅうふう》の意である。

『寓居日記』の最終日は、明治二十八年六月一日であるが、その日の末尾に、

今日、一日廻りしため、痳《(麻)》的あまりよくなし。

と記されている。この時点でも麻病は完治していなかったのである。碧梧桐が、子規の母八重と神戸病院に行ったのは、三日後の六月四日、朝五時のことであった。かくて七月九日まで三十六日間、碧梧桐は、子規の看病に専念したのであったが、完治していなかった麻病の方は、どうなったのであろうか。大いに気になるところである。

## 碧梧桐と虚子の交情

河東碧梧桐は、昭和十二年（一九三七）二月一日、六十五歳で没している。虚子の『五百五十句』（櫻井書店、昭和十八年十月刊）を繙《ひもと》くと、

たとふれば獨樂のはぢける如くなり

昭和十二年三月二十日。「日本及日本人」碧梧桐追悼號。
碧梧桐とはよく親しみよく爭ひたり。

の、碧梧桐追悼の一句が収められている。虚子は、碧梧桐の斡旋により子規に親炙するようになった。が、子規没後、二人は袂を分つことになる。大正二年（一九一三）の「ホトトギス」六月号に掲載の「所謂新傾句雜感」なる文章の中で、虚子が、

若《も》し碧梧桐君にして、
「余は自己の好むが儘に斯《かか》る方向に進みはするが、而《しか》も同時に虚子等には又虚子等の趣味あり主張ある事を認める。」

斯く言はゞ私は甘んじて俳壇一切の事を挙げて碧梧桐君に託し、いつ迄も一向専念文章のことにのみ没頭し得たであつたらう。が、不幸にして其《その》同趣味以外のものは其一切の存在を否定せんとする如き傍若無人の言説には到底長く堪へ忍ぶことは出来（な）かつたのである。

と記しているところからも、当時の両者の疎遠、険悪な関係を窺うことができるであろう。が、若き日の二人は、本当に仲が良かったようである。碧梧桐の日記「寓居日記」の明治二十八年（一八九五）三月三十日の条に、二人の交情が直截描写されている。この時、碧梧桐、虚子は、東京市本郷区台町二番地の香山方に同居していた（明治二十八年三月三十日付碧梧桐・虚子宛子規書簡参照）。

この日（明治二十八年三月三十日）、虚子の長兄池内政忠《いけのうちまさただ》より、虚子のもとに一通の手紙が届いたのである。「吾（筆者注・碧梧桐）を放蕩生と見こまれ、虚子に吾と別居をすゝめ」ることを内容とするもの。碧梧桐は、自らの「放蕩生」ぶりを左のごとく自解している。適宜、私に句読点、振り仮名を施す。

吾が松山にありし頃、少しく芸妓にかゝわりて、よからぬ風説一般にたちしより、予の信用ハ、松山人に向て秋毫もなき矢先、予が東都にありて放蕩をなすときけバ、何人《なにびと》かそを疑ハんや。独リ疑ハざるのみならず、噂より二倍も三倍も高くとるならん。

一応、自らの「放蕩生」ぶりを認めつつも、それに尾鰭が付いて喧伝され、池内政忠の耳に入ったものであろう、と、多少の弁解をもしている。が、最終的には、長兄池内政忠の心配に対しても、碧梧桐は、大いに同情的で「虚子が松山にありし時の事を知れバ、勿論、予と同穴の狐とならんを気配《きづか》ふハ自然の勢なり」と納得しているのである。納得というよりも「池内政忠氏に向て罪の大なるを覚ゆ」とまで述べている。私が大いに注目したいのは、この一文に続く、碧梧桐の左の記述である。

二人が今日の交情に於ては、遂に離るべからざる也。仮令《たと》ひ虚子ハ吾を振り捨つる事ありとも、予ハ到底之《これ》に対抗する事能《あた》ハず。虚子が、袂を払ふて一瞥吾を冷視する日のありとせバ、吾ハ涙を流して其《その》裾にすがるの時也《なり》。其女々しきを笑ふ事なかれ。其力なきを嘲《あざけ》る事勿《なか》れ。知人（筆者注・物事の道理をわきまえ知っている人）の涙ハかくの如き時に於て余熱あり。

「交情」なる言葉は、「交際のよしみ。つきあいのたのしみ。交友の情誼《じょうぎ》。交誼《こうぎ》」（『日本国語大辞典』）の意であるので、碧梧桐の使用に対して疑義を挟む余地はない。若き日の碧梧桐は、虚子が好きで、好きでたまらなかったのであろう。

## 中村不折の新出句　――無季句か――

中村不折が、子規との交流の中で、俳句の実作を試みていたことは、不折自身が、昭和九年（一九三四）九月十五日発行の「日本及日本人」第三百五号「子規居士三十三年記念号」所収の「追懐断片」の中に、

己《おれ》（筆者注・子規）は君の弟子になつて画を習ふから、君も己の弟子になつて発句をやりたまへ、と云つて否応なしに発句を習はせられた。併《しか》し僕には元来文学的素質が無いのと、専門の方が忙しいのとで、発句は遂にものにならなかつた。

と記しているところで明らかである。第三者である和田不可得《わだふかとく》（僧。子規庵歌会に参加していた）も、昭和三十年（一九五五）十一月一日発行の「同人」第三十五巻十一号所収「自由主義の子規居士」の中で、

居士を囲んでゐる時の空気は、師弟といふのでなく、友人同志といふうち解け合つたもので、高く止まられる態度が少しも無い。これは普通の人には出来ない処で、会した者は

十五銭の弁当を注文して―酒を取る者等はゐなかつた―食べ乍《なが》ら教えを聞いた。この空気は居士のみならず、母堂や令妹の律子さんの気易い、親切な態度も、亦与《またあづか》つた事であつた。自然門人も遠慮が無く、旺《さか》んに議論もした。当時、左千夫が最も年長であつたが、先生〳〵と敬するし、不折画伯もすでに名を成してゐたが、矢張り句では師事してゐた。然し如何に皆がうちとけても、矢張り居士の実力と徳望とが泰山の重きをなしてゐた。居士は又人情味があり、口で上手は云はれぬが、人をチャームされるものが存してゐた。

と語っている。不折と俳句とのかかわりを示している部分は纔《わず》かであるが（ただし、大いに注目してよい記述である）、子規を取り巻く人々の雰囲気が活写されているので、ついつい引用が長くなってしまった。諒とされたい。

とにかく、不折が俳句に挑戦していたことは確かなのであるが、従来、その作品は、まったく知られていなかった（例の『なじみ集』にも未収録である。ただし、近時「子規博だより」平成二十二年九月発行第二十九巻二号において、上田一樹氏が明治二十八年八月二十二日付子規宛の不折はがきを発表。不折句五句が記されていて大いに注目された）。そこで、私は、時に、巷間に出回ることのある不折の俳句短冊をぼつぼつと集めている。今までに、

雪折れの枝にも梅の盛かな　　不せつ

松くろみ君が庵を五月雨るゝ　不せつ
堀端や只一本のかれやなぎ　不せつ

の、三本の短冊を入手した。そして、今回入手し得たのは、

香焚いて黙坐す峯のくるゝとき　不せつ

の短冊。朱の金泥散らしの美しい短冊に書かれている。新《あら》たな不折句に遭遇し、大よろこびしている。

が、この句の季語は、何であろう。子規は、季語に対しては、寛容で、明治二十八年（一八九五）執筆の『俳諧大要』（出版は、明治三十二年一月）の中に、

四季の題目は、一句中に一つづゝある者と心得て詠みこむを可とす。但しあながちに無くてはならぬとには非ず。

と記している。不折句も、この範疇の作品であろうか。注目されるのは、句中の「香焚いて」の措辞である。明治二十九年（一八九六）八月刊の大槻文彦著『言海』（吉川半七刊）を繙《ひもと》くと「か

う」（香）の項に「沈香、伽羅、白檀ナドノ材ノ薫《タ》キテ香《カ》ヲ賞スルモノ」との意味が付されている。これか。ただし「掛香」「薫衣香」は夏の季語であるが、「香《カウ》」のみでは、無季である。不折は、ひょっとしたら「蚊遣香《かやりこう》」の意で用いたのではないかと疑っているが（江戸時代からある言葉である）、歳時記における俳句の用例は、いずれも新しい。

一句から感じられるのは、端居の情趣ではなかろうか。そう思って、この新出不折句を、私は、夏に飾って楽しむことにしている。たとえ無季句であったとしても。

# 限定版『牡丹句録』小考――架蔵本の謎――

私の手もとに子規の『牡丹句録』の複製が二種ある。一は、昭和十九年（一九四四）二月一日、実業家で、『牡丹句録』の当時の所蔵者長谷川泰助によって翠松亭から限定二百部で出版されたもの（架蔵本は、67番目のもの）、もう一つは昭和五十年（一九七五）十一月十九日、出版社求龍堂から『子規遺墨』全三巻の特別付録として出版されたものである。趣《おもむき》は、前者の方がはるかにまさっている。

この『牡丹句録』は、明治三十二年（一八九九）五月九日に、病牀の子規を慰めようと、福《ふく》田把栗《だはりつ》と寒川鼠骨《さんがわそこつ》が鉢植の牡丹を齎《もたら》したことをきっかけに五月九日、十日、十一日と三日間にわたって子規自筆で記されたものである（一部、吉野左衛門の代筆であるというが、子規と筆跡がよく似ている）。巻頭には、中村不折による牡丹園の絵と、一輪の牡丹の絵の二葉が添えられている。明治三十二年（一八九九）六月二十日発行の「ホトトギス」第二巻第九号に活字化して掲出されているが、河東碧梧桐が、その解説で「子規子の手記になりたる日記なり」と記している。

この『牡丹句録』、鼠骨が子規より貰い受けたのであったが、鼠骨が当時下宿していた東京神田淡路町一ノ一の高田屋内の鼠骨の机の上から四、五日後に消え去るのである。それが四十年後の昭和十八年（一九四三）、香取正彦（香取秀真《かとりほつま》の長男）宅から出現、長谷川泰助の手に渡ったという次第である。

が、私が小稿で報告したいのは、そのことではない。私架蔵の翠松亭版『牡丹句録』には、「久保田不二子様　長谷川泰助　牡丹句録拝呈」の墨書した紙片が入っており、巻末に墨で「昭和拾八年九月 泰」と記されているのである。すなわち、冊子の奥付より五ヶ月早く『牡丹句録』複製は、出来上っていて、それが長谷川泰助より久保田不二子に謹呈されていたのである。そして、巻末には、ペン書きで「名古屋市昭和区本願寺中町三丁目十一番地　長谷川泰助氏よりいたゞく　久保田不二子」とも記されているのである。さらに別の箇所に、今度は鉛筆書きで、次のように記されているのである。改行は、そのままとする。

昭和廿七年八月母より賜はる
我が崇拝する子規居士のこの世に
残せるいぶきを、感たんしつつ幾
度となく読む
菅原水脈
読み返す度、新なる感慨にふける。

私の興味は、ここからはじまる。『牡丹句録』の当時の所有者であり、複製二百部の製作者である長谷川泰助が、はやばやと謹呈した久保田不二子とは何者であるか、そしてさらに右の菅原水脈とは何者であるか、である。
久保田不二子は、意外にはやく解決した。講談社版の『日本近代文学大事典』に採録されていたのである。一部、摘記してみる。

久保田不二子《くぼたふじこ》　明治一九・五・一六〜昭和四〇・一二・一七（1886〜1965）歌人。長野県下諏訪町高木に生れる。本名ふじの。明治三五年久保田俊彦（アララギ歌人島木赤彦）と結婚する。明治四四アララギに入会。（以下略）

久保田不二子は、アララギの歌人であり、子規に心酔、「写生道」を唱えた島木赤彦夫人だったのである。赤彦は、大正十五年（一九二六）没（享年五十一）。長谷川泰助が『牡丹句録』を不二子に謹呈した時には、すでに没していた。菅原水脈については、難儀をした。昭和女子大学『近代文学研究叢書』25（昭和四十一年九月刊）の「島木赤彦」の項によってようやく解決した。赤彦、不二子夫妻の次女。本名「みを」。金沢大学ドイツ語教授菅原政行夫人。これにて「母より賜はる」が氷解。水脈《みを》、明治四十二年（一九〇九）生まれで、歌集『母の歌』を持つ歌人のようであるが、なお不詳。今後の課題としたい。

## 寒川鼠骨は「さんがわそこつ」

記憶というものは、実に曖昧なものである。子規が愛した門下生の一人、寒川鼠骨は、「さんがわそこつ」と読むのが正式な読み方なのだということを、確か柳原極堂《やなぎはらきょくどう》の書いたものの中の振り仮名で知ったかで、感心したことがあった。が、その後、極堂の書いたいろいろのものを引っ繰り返して探してみたが出てこない。ひょっとして、極堂ではなく、柴田宵曲《しばたしょうきょく》だったかしら、と思い直してみたりしたが、探し出すことが出来ず、三、四年間、悶々として過して来た。

そして、つい最近、披見し得《え》た雑誌によって、やはり、寒川鼠骨は、「さんがわそこつ」でよかったのだ、ということが判明し、数年ぶりですっきりした気分になっている。些細なことかもしれないが、人名の読み方は、正確であるべきであろう。柳田国男は「やなぎたくにお」だし、折口信夫は「おりくちしのぶ」なのである。

寒川鼠骨は、伊予松山出身、昭和二十九年(一九五四)八月十八日に数え年八十一歳で没している(なお詳しくは、拙著『余は、交際を好む者なり　正岡子規と十人の俳士』岩波書店、参照)。ところで、寒川鼠骨の正しい読み方を知り得たのは、雑誌「ゆうびん」。月刊誌。創刊は、昭和二十五年(一九五〇)九月一日。監修は「郵政省郵務局」、発行所は「財団法人逓信協会郵便文化部」。大きさは、B5判（週刊誌大）。昭和二十四年（一九四九）から昭和二十七年（一九五二）にかけて発行された「文化切手」を視野に入れての創刊だったと思われる。昭和三十八年（一九六三）十二月一日に通巻一六〇号が出ているが、終刊は、明らかにし得ない。「文化切手」の中に正岡子規が入っており、昭和二十六年（一九五一）九月十九日に発行されている。ために、昭和二十六年（一九五一）十月一日発行の「ゆうびん」第二巻第十号は、「現代俳句の父　正岡子規」の小特集を編んで、香取秀真、寒川鼠骨、高浜虚子が執筆に当っている。寒川鼠骨は随筆「子規先生の思い出」を寄せている。そのタイトル下の署名欄「寒川鼠骨」に「さんがわそこつ」と振り仮名が付されているのである。前にも記したように、鼠骨が没したのは、昭和二十九年（一九五四）。「ゆうびん」発行時の昭和二十六年（一九五一）、鼠骨、健在である。振り仮名は、編集者サイド（編集兼発行人は、佐々木元勝）の依頼によって鼠骨自《みずか》らが付したと考えるのが自然であろう。万が一、第三者によって付されたものであったとしても、「ゆうびん」第二巻第十号は、鼠骨の許《もと》に届けられたであろうから、必ずや披見しているわけである。自分の姓名の読み方が間違っていたら、当然、編集者サイドに訂正を申し入れるであろう。が、次号にも、次々号にも訂正記事は出ていない。ということで、寒川鼠骨の正しい読み方は、「さんがわそこつ」ということだったのである。爾後、辞典（事典）類をはじめ諸書、「さんがわそこつ」と訂されるべきであろう。ちなみに、旧伊予宇摩郡には、寒川村《さんがわむら》が存在していたし、今日でもＪＲ予讃線の駅名として伊予《いよ》寒川《さんがわ》駅が残っている。伊予の人々にとって「さんがわ」は、言わずもがなのごく自然な読みであったのである。

そこで鼠骨の随筆「子規先生の思い出」であるが、「私（筆者注・鼠骨）の如きは先生の談話を一々自分の日記の中へ書き認《したた》めていた」ということで、鼠骨は、その一部を披露している。最初に報告されているのが、明治三十二年（一八九九）五月三十一日に、子規から鼠骨に語られた次の言葉。子規の「恋」観が窺われ、大変興味深い。

恋を知らぬ男に仕事は出来ない。古来、英雄好色、の語があるが、偶然でない。要は淫して乱れず、自己を失わざるに在るのだ。

子規のこの言葉を、いかにも子規らしいととるか、意外ととるか。

## 伊藤左千夫『野菊の墓』と虚子句

歌人、小説家の伊藤左千夫が、はじめて根岸の子規庵を訪れたのは、明治三十三年（一九〇〇）一月二日のことである。爾来、明治三五年（一九〇二）九月十九日、子規が数え年三十六歳で没するまで、二人の間には濃密な交流が重ねられたのであった。

左千夫が小説「野菊之墓」を発表したのは、子規没後の明治三十九年（一九〇六）一月一日発行の「ホトトギス」第九巻第四号である。その巻頭に一挙に全篇掲載されている。ちなみに、同号には、夏目漱石の「吾輩は猫である」の七、八回分も掲載されている。

まずは、子規生前の話。随筆的日記『仰臥漫録』の明治三十四年（一九〇一）十月二十八日の条に左のごとき記述が見える。

午後、左千夫来ル。丈ノ低キ野菊ノ類ヲ横鉢ニ栽ヱタルヲ携ヘ来ル。

誕生日であることを知っての左千夫の訪問であったのであろうか。遅れて鼠骨も訪ねている。子規は、野菊好き。四十をはるかに越す野菊の句が残っている。子規の野菊好きを知っての誕生祝いの品ということであったのであろうか。そして、左千夫も野菊が好きであったのかもしれない。
「野菊之墓」は、従姉弟同志の関係にある清純な民子《たみこ》と政夫の悲恋を、千葉の田園を舞台に描いた小説であるが、次の一節は特に知られていよう。棉《わた》採りに行く途中で、政夫が路傍に野菊を見付けた後での民子と政夫の会話である。

「私なんでも野菊の生れ返りよ。野菊の花を見ると身振ひの出るほど好もしひの。どうしてこんなかと、自分でも思ふ位。」
「民さんはそんなに野菊が好き……道理でどうやら民さんは野菊のやうな人だ。」

小学校六年生の時（一九五五）、父に連れられて東横線の白楽駅前にあった白鳥座という映画館で見た映画、木下恵介監督の『野菊の如き君なりき』を、今でもはっきりと覚えている。この作品は、「ホトトギス」に発表されてすぐの明治三十九年四月には『野きくの墓』（内題「野菊の墓」）として俳書堂（籾山仁三郎《もみやまじんざぶろう》）から単行本で出版されている。「ホトトギス」の第九巻第七号の巻末には一ページを費して宣伝文が掲出されているが、その一節に左のごとき文言が見える。

野菊の墓は其一字一句皆涙なり、民子の哀れなる一生には何人も同情を禁じ得ざるべし。

小学校六年生の私も、スクリーンから、そんな印象を受けたことであった。話はここからである。何年か前に、虚子の左の一句に遭遇し、喫驚したことであった。

初恋
おもかげのかりに野菊と名づけんか

私がこの句に出会ったのは、大正四年（一九一五）十月刊の『虚子句集』（植竹書院）である。まさしく左千夫の「野菊之墓」（「野菊の墓」）そのままの世界ではないか。「道理でどうやら民さんは野菊のやうな人だ」である。しかも、虚子句には、ご丁寧に「初恋」なる前書まで付されている。そして、もっと驚くことに遭遇したのである。昭和二十一年（一九四六）十月刊、高濱虚子著『贈答句集』（菁柿堂）には、この句が、

明治二十九年・初恋
おもかげのかりに野菊と名づけんか

として掲載されていたのである。左千夫が「野菊之墓」（「野菊の墓」）を書く十年も前に虚子句が作られていたのである。いまだ初出雑誌を突き止められずにいるが、虚子のこの記述が

事実としたら、左千夫の「野菊之墓」（「野菊の墓」）は、虚子句がヒントになっている可能性、大いに大ということになる。明治三十三年（一九〇〇）以降の虚子と左千夫の交流は、指摘するまでもないところである。ここに報告しておく次第である。

## 浅井忠の俳句

画家浅井忠は、安政三年（一八五六）に江戸木挽町《こびきちょう》佐倉藩邸に生まれ、明治四十年（一九〇七）、京都で没している。享年五十二。号、黙語、木魚、杢助等。正岡子規との交流を通して俳句に関心を示しているが、今日、その作品を簡単に一望することはできない。子規より十一歳年長ということになる。

子規は、明治三十三年（一九〇〇）一月十六日、パリに行く忠のために子規庵で送別会を開いている。当日のメンバーは、忠を囲んで、子規のほか、内藤鳴雪、陸羯南、下村為山、中村不折、高浜虚子、五百木飄亭、阪本四方太、松瀬青々の十名。「ホトトギス」第三巻第四号（明治三十三年一月十日発行）に虚子は、「浅井先生送別会」の短文を掲げ、

席上三画伯の合作あり、漫画あり、諸俳家の題句あり、又美術談盛《さかん》にして夜の更《ふ》くるを覚えず。先生の健康を祈り歓を尽して散会す。

と記している。当日の子規句は、

先生のお留守寒しや上根岸　子規

歌は、

ふらんすのはりに行く絵師送らんと画をかきにけり牛くひにけり　子規

である。忠没後の明治四十二年（一九〇九）九月、池辺義象《よしかた》（国文学者）によって『木魚遺響』（芸艸堂）が編まれている。その中にフランス・グレー滞在中の日記「愚劣日記」が収められている。浅井忠（杢助）と和田英作（紫桐のち外面）との合作日記である。明治三十四年（一九〇一）十月一日より十二月十九日までの日記。英作は、明治七年（一八七四）生まれの洋画家。渡仏中にラファエル・コランに学んだ。後、東京美術学校教授。文化勲章受章。その外面（和田英作の俳号）担当の十月二十二日の日記に忠（杢助）の俳句が記されている。この日、二人のところにパリ滞在中の渡辺和《かず》太郎《たろう》が訪れる。この渡辺和太郎、岩波書店版『漱石全集』第二十四巻（平成九年二月刊）巻末の紅野敏郎氏による「人名に関する注および索引」の中に、

渡辺和太郎（一八七八―一九二二）実業家。太良と号す。渡辺銀行頭取渡辺福三郎の長男。明治31年横浜商業卒。明治33年から3年間滞欧、ロンドンで漱石と交際した。渡辺合名会

社代表、渡辺銀行副頭取など歴任。

と見える。紅野敏郎氏が何によられたかは、定かでない。件《くだん》の日記に外面（和田英作）は、次のように記している。

帰宿後太良（筆者注・渡辺和太郎）と僕と玉を突き（筆者注・ビリヤードであろう）、それから三人して久し振りで夕餐を一緒にやつた。それから僕の室に火をたいて、三人発句をひねつた。題は「客」の文字を秋季に結ぶのだ。

ということで、以下、三人の十三作品が掲出されているので、左に記してみる。渡辺和太郎は、二十四日まで滞在、二十五日にパリに帰っている。

客僧とつれ〳〵語る秋の夜　杢
先づ客に葡萄供する田舎哉　太
花薄刺客は江をわたり行く　外
秋雨や書院に碁客請しけり　杢

合宿の客に句を読む夜長哉　太
月まてか客酒に酔ひ我歌ふ　外
茸飯客にすゝむる庵主かな　李
客去つて跡は淋しき山家哉　太
秋雨やとなりの客の高笑ひ　外
紅葉して訪ふ客もあり山住ひ　李
客待ちの馬車に紅葉のかつ散りぬ　太
秋寒や笛吹く客の肺を病む　外
明星や露ふんて客を送るあした　外

李は、李助（浅井忠）、太は、太良（渡辺和太郎）、外は、外面（和田英作）である。浅井忠の四句、貴重である。質も、悪くないように思われる。忠俳句、何句ほど残っているのであろうか。

# 新出碧梧桐句、二句

平成二十四年（二〇一二）十一月二十三日、千葉市美術館で「中村不折、正岡子規と浅井忠―その交流」という題で話をした。

子規と親交のあった浅井忠は、明治三十三年（一九〇〇）二月二十八日、神戸からフランスへと向っている（帰国は、明治三十五年八月十九日）。明治三十三年（一九〇〇）一月十六日、その忠のために、子規庵にて送別会が催されている。その時の様子を明治三十三年（一九〇〇）一月十日発行（実際にはこの発行日より遅れて発行されたようである）の「ホトトギス」第三巻第四号で高浜虚子が「黙語先生送別会」と題して、左のように報告している。

黙語先生の送別会を一月十六日根岸子規庵に開く。会する者先生（筆者注・浅井忠、雅号黙語）を始め、鳴雪、羯南の二先生、子規、為山、不折、瓢亭、四方太、青々の諸氏、總《すべ》て十人也。席上三画伯（筆者注・忠、為山、不折）の合作あり、漫画あり、諸俳家の題句あり、又美術談盛にして夜の更くるを覚えず。先生の健康を祈り歓を尽して散会す。

送別会参加のメンバーは、この十名というわけである。右の「ホトトギス」第三巻第四号には、その時の様子を描いた木魚（これも浅井忠の雅号）の画が掲出されているが、やはり十名が描かれている。

ところで、それとは別に、平成十三年（二〇〇一）九月十五日に松山市立子規記念博物館友の会より、同館編集の図録『正岡子規の絵』が発行されており、その中に愛媛県松前《まさき》町教育委員会蔵の「黙語先生送別短冊貼り交ぜ額」なるものが掲出されている。縦《たて》九三センチ、横一一四センチの額装とのことである。その写真を見てみると、吉見朗、義象（池辺義象）、き代子、子規の短歌、青々、四方太、碧梧桐（二句）、虚子、子規、鳴雪（二句）の俳句、そして木魚（忠）、不折の絵短冊が貼り交ぜになっている。先の虚子が記したところの「黙語先生送別会」の小文のメンバーとかなり異なるのである。ということは、「黙語先生送別貼り交ぜ額」なるものは、かなり疑ってかからなければならないことになる。少なくとも、明治三十三年（一九〇〇）一月十六日に根岸の子規庵での参加メンバー以外の忠送別の作品も交じっているということなのである。これは、そもそもは、忠のところにあった送別関係の短冊そのものが、一括して市場に流出したということであったのであろう。その折、その一括された短冊の中には、忠送別以外の短冊も交っていたということではなかったろうか。それを市場で購入した旧蔵者が、「黙語先生送別短冊貼り交ぜ額」なる意図のもとに作成したものが、松前町教育委員会の蔵するところになったものであろう（なぜ同委員会の蔵するところとなったのか、そのいきさつ大いに気になるところである）。

中で特に気になる短冊が河東碧梧桐の、

桑畑の草かやつりくさも茂り鳧《けり》　碧

　画室即時

画に映る萱草高し窓の外　碧

の二句である。この句、従来、まったく注目されずに見過されてきた碧梧桐の新出句である。その点では、大いに注目していいのであるが、碧梧桐は、一月十六日の子規庵での忠送別会のメンバーではないのである。〈桑畑の草〉句の「かやつりくさ」は夏の季語であり、〈画に映る〉句の「萱草」も「萱草の花」と見れば夏の季語ということになる。

「黙語先生送別短冊貼り交ぜ額」には、忠送別句でもなんでもない碧梧桐句が紛れ込んでしまっていた、ということなのである。この誤謬、正されなければなるまい。

# 梓月籾山仁三郎の子規評

私の手もとに大正六年（一九一七）九月一日発行の「俳諧雑誌」第一巻第九号がある（『子規追憶号』）。発行所は、「東京市麹町区有楽町一丁目一番地」の俳書堂。編集兼発行者は、籾《もみ》山仁三郎《やまじんざぶろう》。籾山仁三郎は、俳人梓月《しげつ》でもある。明治十一年（一八七八）に東京に生まれ、昭和三十三年（一九五八）、八十歳で没している（『俳文学大辞典』による）。梓月の文業については、加藤郁乎氏の名著『市井風流』（岩波書店、平成十六年十二月刊）に詳しいので、是非参照されたい。通説が正されている。

ところで、先の「俳諧雑誌」第一巻第九号の巻頭には「子規より黙語へ――初めて公にせらるゝ子規の手紙――」と題し、俳書堂主人籾山仁三郎架蔵の子規の書簡が掲出されている。この書簡、今日では、講談社版『子規全集』第十九巻に収められているので、容易に見ることができるのであるが、注目すべきは、それとは別に掲げられている、この書簡掲出のいきさつ等を記した俳書堂主人の「子規の手紙に就て――子規と黙語と――」なる文章。書簡入手の経緯が語られている内容豊富なものであるが、中に俳書堂主人梓月の子規評が黙語浅井忠との比較において述べられており、これは、すこぶる貴重である。その部分を摘記、紹介してみたい。件《くだん》の書簡は、明治三十三年（一九〇〇）六月二十五日付黙語（浅井忠）宛子規書簡。黙語は、在仏国巴里。

まず、子規と梓月とのかかわりであるが、梓月は、左のごとく記している。

子規居士の生前、われ居士と相見しこと、五、六回に過ぎず。当時われ未だ若輩にして、居士と談話を試むるに適せず。たゞ詠草に雌黄《しわう》（筆者注・添削）を請ひ得て辞去するを常とせり。

それゆえ、梓月自身「われ親しく子規居士を知らずといふべきのみ」と記している。が、子規の周辺にいた人物の一人であることは明らかであり、梓月の子規評は、同時代人の子規評として、すこぶる興味深いものがある。梓月は左のごとく記している。

浅井先生はいかにも懐かしき御方にて、言語動作もおだやかに、おのれの見識の如きは、深く包みて外に顕はさず、まこと風雅のしれものと評すべかりしに反して、子規居士は、どうやら、戦ひを以て戦ひの目的とする鬼武者なるやの観あり。（事実は決してさにあらざりしも、さほどにまで見ゆる次第なり）。居士は、実にその病苦と戦ひながら、世間の俳諧と戦ひ、世間の和歌と戦ひ、世間の文章と戦ひ、いづこにも「新派」と記せる旗幟を樹て丶は止《や》まざりし人なり。而《しかう》してその日常の生活の如きも、われは決して之《これ》を以て風雅の人の生活なりとは考へ得ず。

梓月は、子規が病苦と戦いながら必死に生きていたことは、十分に認識しつつも、子規のややもすれば阿修羅のごとき感のある生き方には、好感が持てなかったようである。子規と梓月の年齢差は十一歳。子規没後、この稿を書いている時の梓月は、数え年四十歳。左のようにも記している。

要するに、子規居士は強き人、勇ましき人、見識の人、戦ひの人なりしが如し。わが好むところは、風雅の人、穏健なる人、意地ばらぬ人、芸術の人なれば、居士に向ひて敬意は表すれども、居士の如くにあらんとは思ひ得ざりしものなり。

梓月は、正直に記している。子規生前にかい間見た子規の日常から忖度される子規像に対する、率直な気持ちが、右のごとき記述になっているのであろう。梓月は、子規に五、六回会った、と語っているが、何歳の時であろうか。いずれにしても、二十代前半の、多感な時、阿修羅のごとき子規を遠目に見ての印象であることは、間違いない。

## 國分ミサ子女史のこと

正岡子規の『仰臥漫録』を読んでいると、しばしば、簡単に解決し得ない人名や地名や諸事項に遭遇する。「國分ミサ子女史」も、その一人。なにしろ今までに『仰臥漫録』に注解が施されたことがないのであるから、解決の糸口がまったくない。

「國分ミサ子女史」は、『仰臥漫録』の明治三十四年（一九〇一）九月十日の条に、

國分ミサ子女史来ル。義仲寺写真二枚、発句刷物一枚ヲ贈ラル。

と見える。講談社版『子規全集』第二十二巻の「年譜」（柳生四郎氏、和田茂樹氏の担当）の同年同月日の項を繙《ひもと》くと、

国分ミサ子が来訪する。

と記されている。最近の増進会出版社版『子規選集』第十四巻の「正岡子規年譜」（和田克司氏担当）の、同じく同年同月日の項を繙くと、

国分みさ子来る。義仲寺写真二枚発句刷物一枚を贈られる。

と記されている。『仰臥漫録』の「國分ミサ子」を、わざわざ「国分みさ子」の平仮名で表記したのは、和田克司氏の判断によるものであろう（『仰臥漫録』は全体、ほぼ片仮名表記であるので、人名としては、平仮名の方が自然、とのお考えかと思われる）。が、「国分ミサ子」にしても「国分みさ子」にしても、どちらにしても、この段階でピタッと止まってしまって、解決への一歩が踏み込めないのである。厖大な諸事項を処理しなければならない年譜作成者に、そこまで要求するのは、酷というものであろう。後《あと》は、我々個々の研究者に委ねられているのである。

私が気になったのは、佐藤紅緑稿「子規翁」（「ホトトギス」第六巻第四号所収）の左の一節。陸羯南の玄関番をしていた紅緑の前に子規が登場する場面である。

薄暗い中に立つて居たのは肩の幅が広く四角で丈《た》けは余り高くない顔は白く平つたい方の人間である。余の案内も待たずのこ〳〵中に這入らうとして居る。此《こ》の家（筆者注・羯南の家）に来る客の中で案内なしに這入るのは、青崖氏たつた一人であるのに今又たこんな変梃《へんてこ》な人が一人殖《ふ》えたと驚ろいて、名前を聞いたら、正岡ですとハッキリ答へた。

「青崖氏」は、国分青崖（のち青厓）のこと。子規周辺の人物で国分姓と言えば、まずは国分青崖である。そこで、もしや、と思って、手もとの大正十五年（一九二六）四月五日初版発行（架蔵本は、昭和六年四月一日発行の第十版）の松本龍之助著『明治大正文学美術人名辞書』（立川文明堂）を繙《ひもと》いてみたところ、あったのである。「國分青崖」の項に「附國分操子」として収録されていたのである。すなわち、「國分ミサ子」は、「ミサ子」でもなく、「みさ子」でもなく、「操子」だったのである。

左のごとく記されている。

> 夫人操子は落合直文門下の國學者で東京女學館の學監を奉職して令名ある女流教育者である。女史の歌に「君が代と共に榮えて天地の神の守れる大八洲國」「立ちむかふあた浪もなし日のみ旗かゝげて進むいくさぶねには」といふのがある。
>
> 現住所　東京府下代々木

この記述にて、子規が「國分ミサ子女史来ル」と記したゆえんが明らかとなるのである。ちなみに、直文門下藤井静子編『萩のしたつゆ』（明治三十一年四月、明治書院刊）を繙《ひもと》くと、

笛のねを道のしるへに来て見れは梅の花ちる宿にそありける　　国分操子

以下、全三十八首の操子歌を見ることができる。また、操子は、子規生前の明治三十四年（一九〇一）一月に第十版を数えている女性百科辞典ともいうべき『日用宝鑑 貴女の栞』（大倉書店）上下二巻も出版している。

# 原千代のこと

正岡子規『仰臥漫録』の明治三十四年（一九〇一）九月二十二日の条に次の一節がある。

原千代子来ル。川崎ニ頼マレタリトテ葡萄一籃《ひとかご》ヲ持テ来ル。コレカラ今戸へ往クナリトテ自ラコネタ木兎《みみづく》ノ香盒《かうがふ》（マダ焼カヌ）ヲ見セル。ソレカラ蒔絵ノ話ヲ聞ク。

「川崎」とは、鋳金家川崎安民《やすたみ》（一八七一～一九二九）のこと。『仰臥漫録』の明治三十四年九月十日の条には、「蛙ノ置物」の画三図に付して、左のごとく記されている。

此蛙ノ置物ハ、前日安民ノクレタルモノニテ、安民自ラ鋳タル也《なり》。
無花果ニ手足生エタト御覧ゼヨ
蛙鳴蝉噪彼モ一時ト蚯蚓鳴ク

子規と安民との交流は、明治三十二年七月二日の子規庵での「子規庵歌会」にはじまるようである。同じ東京美術学校で鋳金を専攻した香取秀真が誘ったものと思われる。以後、熱心にこの歌会に通っている。この安民の妻が原千代（子規は千代子と書いているが、本名は千代）。安民、後に原姓を名乗っている。が、この原千代のプロフィール、意外にわからないのである。千代は、子規没後すぐの明治三十五年（一九〇二）十月十九日付の「日本新聞」に長文の追悼文を寄せているが、そこには子規の言葉がそのまま引かれていてすこぶる興味深い。今、原文にはない二重鉤括弧を子規の言葉に付して左に引いてみる。これも原文にはない一重鉤括弧を母八重、千代の言葉に付しておく。明治三十五年七月十八日のことである。

『句作は苦しい、己の専門となると、たとへ一句でもなか〳〵苦しい。却て専門外の出来ないことほどやつて見とうて、やつてみるのが楽みなものです。』此の時お母様のお顔をちらと見て莞爾《にっこり》、小供が秘しに秘したものを友だちに出して見せる時の、言ひしらぬ嬉しさ楽しさの面に、さもさも似た色の珍らしう、何かと思ふて、「どうぞ」と少し近く進めば、床の下から小形の写生帖。『帖は死んだ蘇山人がくれたのです、運筆など分からない、唯写生です。』桜ん坊をはじめ果実いろ〳〵。「少しらくな時にはこんなものを書いてゐます。」とお母様も莞爾《にっこ》りなさる。

引用冒頭の子規の言葉など、大いに考えさせられるであろう。千代の文章、やや読みにくいが、右の一節に限らず、追悼文全体、子規の晩年を考えるに当っては、第一級の資料である。この千代について触れている貴重な文章が目に触れたので紹介しておく。それが窺えるのは、安民が昭和四年（一九二九）一月六日に没したのを受け、香取秀真（秀治郎）と石島古城（文太郎）によって編まれた追悼集『安民』（私家版、昭和四年五月十四日刊）の中に収められている香取秀真の追悼文「原安民の事」の末尾である。左のごとく結ばれている。

安民未亡人はなか〳〵しつかりした人で、茶もやるし、楽焼、仕舞、蒔絵などの心得もあつて修養の高い人である。然し沢山の子女を抱へて、この先どうしたらよいか友人としても考へて見たい。

冒頭に掲げた『仰臥漫録』中の子規が伝えるところの千代との一時《ひととき》のエピソード、すなわち「コレカラ今戸へ往クナリトテ自ラコネタ木兎ノ香盒（マダ焼カヌ）ヲ見セル。ソレカラ蒔絵ノ話ヲ聞ク」とぴたり符合する右の秀真が記す千代像なのである。なんとかその人となりを今少し明らかにしたいと思っているが、今のところは、ここまでである。秀真は、原安民、千代夫妻が「沢山の子女」に恵まれたと伝えているが、『安民』によって六人であったことがわかる。夏江（二十三歳）、桃江（二十一歳）、坦（十九歳）、澄江（十五歳）、菊江（十三歳）、百合江（九歳）。一男五女。年齢は、昭和四年当時の数え年。

## 子規生前の他流派による子規評——安藤和風の記録する子規評——

安藤和風なる俳人がいる。俳句は独習。別号、松隠。出羽国（秋田県）の生まれ。秋田魁《さきがけ》新報「魁俳壇」主宰。慶応二年（一八六六）に生まれ、昭和十一年（一九三六）に没している。享年七十一。俳諧研究家として多くの著作を残している。例えば、明治三十七年（一九〇四）刊の『恋愛俳句集』（春陽堂）、明治四十四年（一九一一）刊の『俳諧奇書珍書』（春陽堂）等の編著。句集に『仇花』（昭和五年刊）、『朽葉』（昭和十年刊）。従来、あまり注目されていなかったが、大いに注目すべき俳人の一人であろう。

その和風に明治三十四年（一九〇一）五月刊の『俳家逸話』（有朋堂）なる編著がある。先行諸俳書、口碑等より俳人のエピソードを集め、一本にまとめたものである。明治三十九年（一九〇六）には、「続俳家逸話」を加えて、同書名『俳家逸話』の下に一本化、春陽堂より出版されている。「例言」の一項目に、左のごとく記されている。

断簡零墨、又は故老の談話より得たるものを随録し、多年の拾収に属《しよく》すと雖《いへど》も、浅学寡聞、固《もと》より洋海の涓滴《けんてき》（筆者注・しずく、微小なもの）に過ぎず。

ということで、出典が明らかにされていないのが残念ではあるが、紹介されているエピソードそのものは、すこぶる興味深い。その中に子規を評する一条がある。明治三十四年(一九〇一)というと、子規は、数え年三十五歳。和風は、一歳年長であるので、三十六歳。

和風が伝える子規評は、「伊予簾」と題されている。全文、引き写してみる。

子規は、正岡常規《つねのり》、伊予の人、近世の俳風漸《やうや》く汚下して、卑俗に陥るを歎き、自ら一派を開らき、世に之《これ》を新派と称す。又派中に同国人多きを以て「伊予風」とも称せらる。蕪村を祖述し、猿蓑を説き、今は天明調を唱ふ。又新風の和歌を創《は》じめ、多才漢詩をも能《よ》くし、小説亦《また》誦すべし。其《そ》の俳論俳風は悉く服すること能《あた》はずと雖《いへども》、俳諧をして文学の地位を保《たも》たしめ、文人をして一顧せしむるに至りたるは、彼《か》れが功なるべし。新を趁《お》ひ、奇に赴くの人情として、此《この》風を喜ぶもの海内に遍《あまね》く、亦《また》旺なりと云ふべし。曩《さき》に「俳諧」といへる雑誌を公にせしも、中絶し、今や伊予にて発行せし「ほとゝぎす」を京地(筆者注・東京)に移し、同社の機関とせり。風調の正偏は知らず、新派の文字と共に、彼が名は俳諧史上に伝ふべきなり。

子規生前の子規評として貴重。和風自身の子規評ということであるかもしれない。子規のプロフィールでありつつ、評価の言が記されているところが面白い。

子規の一派を「伊予派」と呼ぶものがいることを伝えたのは、明治二十八年（一八九五）九月の「毎日新聞」紙上における岡野知十の評論であったが（岡野知十著『俳諧風聞記』白鳩社、明治三十五年十一月刊、参照）、和風は「伊予風」なる呼称を伝えている。「伊予派」の人々の俳風、ということで「伊予風」と呼んだものであろう（蕉風のごとき呼称である）。「ほと〻ぎす」はいいとして、「俳諧」は明治二十六年（一八九三）三月に伊藤松宇、子規等によって創刊された俳誌。五月の二号をもって終刊されている。全体的に事実の記述に誤りはない。

子規に対する評価としての記述は、「其の俳論俳風は悉く服すること能はずと雖、俳諧をして文学の地位を保たしめ、文人（文学者）をして一顧せしむるに至りたるは、彼れ（子規）が功なるべし」と「風調の正偏（正しいか、かたよりがあるか）は知らず、新派の文字と共に、彼が名は俳諧史上に伝ふべきなり」の二箇所。二箇所とも、同時代の他流派による子規評として大いに注目される。

## 『子規随筆』に対する虚子の不快感

子規が没したのは、明治三十五年（一九〇二）九月十九日（金）のこと。享年、数え年三十六。そして、同年十月十二日、「東京市京橋区南伝馬町一丁目」の弘文館（発行兼印刷者は吉川半七）から『子規随筆』なる一本が出版されている。編集者は、「東京市神田区雉子町三十二番地」の「小谷保太郎」。定価は、金五十銭（私の架蔵本は、墨で消されている）。弘文館（明治三十三年創業）は、明治三十七年（一九〇四）に吉川弘文館と改称されている（鈴木徹造著『出版人物事典』出版ニュース社、参照）。

『子規随筆』、巻頭に子規の写真（例の明治三十四年の蕪村忌の折の横向きの）、辞世句三句の写真版、古島古洲《こじまこしゅう》（一念）宛子規書簡（〈筍や目黒の美人ありやなし〉句が見えるもの）の写真版、『仰臥漫録』の明治三十四年（一九〇一）十月十五日の条（「吾等なくなり候とも葬式の広告など無用に候」ではじまる）の写真版、『病牀六尺』の百二十回目の写真版等を掲げ、本文には『墨汁一滴』『病牀六尺』『春色秋光』を収めている。初版から十三日後の明治三十五年（一九〇二）十月二十五日には再版本が出ているので、多くの読者を獲得したものであろう。明治四十年（一九〇七）七月二十日には訂正七版も出ている（この版からは、子規の写真が外されている）。『墨汁一滴』や『病牀六尺』は、本書に収められたことによってはじめて広く流布したわけで、今日でも注目されている。また、妹律が香奠返しの品物としたのも本書である。その礼状には、左のごとく記されている。

拝啓常規死去の節は吊（弔）文及香奠御送被下難有奉存候早速御礼可申の処取込中延引の段御許被下候付ては別封子規随筆一冊聊か御礼の印し迄に差上申候匆々頓首

明治三十五年十一月十四日　東京下谷区上根岸八十二番地　正岡　律

こんな『子規随筆』であったが、虚子は不快感を露《あらわ》にしている。明治三十五年（一九〇二）十一月十五日発行の「ホトトギス」第六巻第二号の「消息」欄に左のごとく記している。

「子規随筆」なる書籍は、日本叢書として発行され、吉川書店より発売致され候。こは子規子生前より新聞社に於ては既に計画ありたるもの丶由に候。併《しか》し生前の子規子は固《もと》より、小生等門生仲間のものには相談無く、寝耳に水の心地にて、初七日にもならざるうちに新聞に広告を見て始めて驚きたる次第に有之候。其後日本新聞社員に承り候へば、利に敏き書肆唯急ぎに急ぎて時機に投ぜん事のみ志《こころざ》し、従て校正等も杜撰なるを免れざりし由、斯《か》くの如きは決して子規子の志ならざりしなるべく、小生等に取りて甚《はなは》だ遺憾に覚え候へど、併し又一方より考ふれば、世の子規を知らんと欲する者は、一日も早く其《その》遺著に接せん事を渇望したる可く、其渇望に応ずる者としては決して徒爾《とじ》（筆者注・むだなこと）の挙には非りしならんと存候。

怒りを必死になって抑えんとしている虚子が髣髴とするであろう。『子規随筆』、背の部分に「日本叢書子規随筆」と印刷されている。明治二十六年（一八九三）五月二十一日刊の『獺祭書屋俳話』も「日本叢書」の一冊として出版されている。発兌《はつだ》は、日本新聞社。陸羯南の日本新聞社ゆかりの書籍が「日本叢書」なのである。が、虚子は、『子規随筆』に関して全く知らされていなかったのである。子規から、そんな話を聞いたこともないと言っている。怒りの要因は、ここにあろう。編集者の「小谷保太郎」とは、いかなる人物なのであろうか。『子規全集』別巻二の柳生四郎氏の「解題」によれば、明治元年（一八六八）、下総（茨城）古河に生まれ、昭和十五年（一九四〇）、七十三歳で没している。古島一雄の紹介で日本新聞社に入った由。明治三十五年（一九〇二）十一月十五日、「日本叢書」の一冊として出版された『子規言行録』（吉川弘文館）の編集者も「小谷保太郎」である。

# 碧梧桐の新出句、一句

後藤宙外《ごとうちゅうがい》なる人物がいる。小説家、評論家。慶応二年（一八六六）の生まれであるので、子規より一歳だけ年長。その晩年の著作『明治文壇回顧録』（岡倉書房、昭和十一年五月二十日刊）は、箱入り、朱色表紙の瀟洒な一本である。

その中の「碧梧桐、春陽堂初代、幽芳、篁邨等が事」の章に、従来知られていなかった（見落とされていた）碧梧桐句が一句見える。このように、同時代の著作の中に、意外な新資料が埋《うず》もれているので、十分に注意しなければなるまい。左のごとき記述の中の一句である。宙外は、明治三十四年（一九〇一）五月、東京を引払い、会津の猪苗代湖畔に退隠している。

それは明治三十九年の十月であつた。君（筆者注・碧梧桐）はすでに俳壇一方の大将になつてゐた。全国を踏破しようといふ俳諧行脚の途中であつたのである。岩代の郡山町の俳友二三に送られて、今若松市の俳友を訪ねて行く序でに、立寄つたのである、といふのであつた。後園の山に向かつた縁側に、腰掛けのまゝで、粗酒麁飯のお相手をしながら、久しぶりで語つた。

「どうです。かういふ閑静な所に住んでゐたら、いゝ心持ちでせうね。そして、いくらでも勉強出来るでせう。」と碧梧桐君は云つた。

「私のやうな、頑石見たいな頭の持主では、どんな所に住んでゐても駄目ですね。石ころは矢張石ころで海へ抛《ほう》り込んでも、神棚へ載ッけてもつまり同じ事ですね。」

「ぢや、そろそろ、東京が恋しくなつたのぢやありませんかね。」と碧梧桐君は笑つてゐた。

もう夕暮近くなつたので、立去られやうといふ時、私は記念の為《た》めにと、違棚の小唐紙に一筆お願ひした。


明治丙午十月猪苗代湖畔戸の口を過ぎて、宙外氏閑居を訪ふ　碧

山かけて鳥わたる湖の眺め哉
炉に籠るあるじの秋を驚かす

碧梧桐は、この時のことを、明治四十三年（一九〇一）十二月刊の随筆『三千里』（金尾文淵堂）の中に左のごとく書き留めている。

戸の口の十六橋を見て、こゝに家を構へた後藤宙外を訪ねる。形勝の地を占めて、已《すで》に山中の人になつてをる。あり合ふ袋戸の真白なのをはづして一句を書けといふ。

山かけて鳥渡る湖《うみ》の眺めかな

明治三十九年（一九〇六）十月二十日の記述である。〈山かけて〉の句は、宙外の『明治文壇回顧録』にも、碧梧桐の『三千里』にも見える。が、

炉に籠るあるじの秋を驚かす

の句は、『明治文壇回顧録』のみに見える。そして、私が、碧梧桐の新出句、というのは、この句のことである。この時、碧梧桐、数え年三十四歳。

この句は、栗田靖編『碧梧桐全句集』（蝸牛社、平成四年四月刊）にも、來空編『河東碧梧桐全集　第二巻』（河東碧梧桐全集編纂室、平成十四年八月刊）にも収録されていない。碧梧桐初期の新出句として、すこぶる貴重である。宙外に感謝せねばなるまい。

なぜ、碧梧桐は、この句を『三千里』に収録（記述）しなかったのであろうか。あまりに私的に過ぎる（私の言葉で言えば、〈褻《け》〉の句）、ということだったのではなかろうか。挨拶句である。一句の「あるじ」は言うまでもなく宙外である。「あるじの秋を驚かす」――面白い表現であるが、一句成立の事情を知らない読者には、理解し得ない恐れ、なきにしもあらず、ということである。

# 斎藤茂吉『童馬漫語』の中の子規の言葉

斎藤茂吉の著作の一つに『童馬漫語』がある。カバー（箱）の題簽《だいせん》は『歌論童馬漫語』となっている。が、「歌論」というよりも、むしろ歌にかかわってのエッセイ集といった趣《おもむき》の著作である。大正八年（一九一九）八月十五日に「アララギ叢書　第七編」として春陽堂より出版されている。この時、茂吉は、三十八歳である。ちなみに、茂吉が、神田の貸本店から正岡子規遺稿第一編『竹の里歌』を借りて読み、作歌に志したのは、明治三十八年（一九〇五）の一月、二十四歳の時。九月には、東京帝国大学医科大学に入学している。翌明治三十九年（一九〇六）三月には、はじめて伊藤左千夫を訪問している。

『童馬漫語』の中には、しばしば子規が登場している。例えば「子規の歌一つ」の条では、子規の、

瓶にさす藤の花房みじかければ畳の上にとゞかざりけり

の歌を対象として、「作者は晩年の正岡子規である」とし、

そして『夕餉したゝめ了りて、仰向に寝ながら左の方を見れば、机の上に藤を活けたるい

とよく水をあげて、花は今を盛りの有様なり。艶にもうつくしきかなとひとりごちつゝ、そぞろに物語の昔などしぬばるるにつけて、あやしくも歌心なん催されける。斯道には日頃うとくなりまさりたればおぼつかなくも筆をとりて』といふ長い詞書がある。それ等を同時に合せ味つて、はじめてこの歌の佳作である事を心から感得したといふことになる。

と綴っている。茂吉は、「歌の余情問題・背景問題」を重視する立場に立っている。それゆえ、「漫然として此歌をつまらないといふ人々を誠になさけ無いと今でも思ふ」と結論している。子規の歌を対象としつつ、茂吉の短歌観がさりげなく披瀝されているのである。

それはさておき、この『童馬漫語』（ちなみに「童馬」は、茂吉の雅号）の他の条に、従来、注目されることのなかった子規の資料が埋もれていたので、紹介しておきたい。「子規の言葉」の条に見えるものである。茂吉が「明治四十四年子規忌記念に作つた牛詰文庫の端書《はがき》に子規手蹟の写真版がある」として紹介しているものである。諸橋轍次著『大漢和辞典』によれば「牛詰文庫」の「詰」は「哲」（玉篇）の由。「俳星」平成二十五年八月号所収の松本皎氏稿の「露月を景仰した関西の俳人たち（六）」に五十嵐牛詰《ぎゅうてつ》の項が見える。俳人牛詰の架蔵していたものであろう。明治四十四年（一九一一）の子規忌（九月十九日）に当って、「牛詰文庫」からの端書の中で、左のごとき「子規手蹟」が「写真版」にて発行されたというのである。

発句ハ丁寧ニ取扱フベシ。発句ノ下手ナモノハ発句ヲ麁末ニ取扱ヒ字ノ下手ナモノハ字ヲ麁末ニ取扱フヲ常トス。字ヲ丁寧ニ取扱フハ字ノ上手ニナル一法ナリ。発句ヲ丁寧ニ取扱フハ発句ノ上手ニナル一法ナリ。

病子規識

大変興味深い、含蓄に富んだ内容の「手蹟」である。茂吉も共感して、「アララギ」投稿歌に対して「自分の歌ならばもつと可哀がつたら好さ相なものだと予はいつも不思議に思つてゐる」と記している。それはともかく、この「手蹟」、従来見落とされていた新資料ではなかろうか。子規のこの一文から昭和九年（一九三四）九月十五日発行の「日本及日本人」第三百五号中の佐藤紅緑稿「糸瓜棚の下にて」の次の一節が想起されるのである。

僕は字を書く事が下手で、いつも其《そ》れで叱られた。字が拙《まづ》くては文学者になれない。同人の中で最も拙いのが二人ある。一人は君で一人は君と同郷の竹子といふ男だと先生が言つた。先生は僕に新聞紙を広げさして筆の持ち方を教へる。それ、君は一本の指を掛けるからいけない。二本の指を…あゝ鷲掴みではいけないよ。指と指の間だ。あゝいけないな。まるで御母さんが子供に教へるような騒ぎである。

## 「ホトトギス」発禁事件と虚子新出書簡

明治四十三年（一九一〇）九月一日発行の「ホトトギス」第十三巻第十四号は、発売禁止となっている。その理由としては、同号に一宮滝子の短編小説「をんな」を載せたことによるものとされている（毎日新聞社版『定本虚子全集』別巻「虚子研究年表」参照）。「をんな」は、例えば「丸髷に結つて眉を落として、子供をこしらへて乳を呑ませて育てたりするのが何んの女の誇とならう」との文言にも窺えるように、主人公の「お小夜」の人間としての目覚めによる内的葛藤を描いた小説であり、当時にあっては十分に問題視される内容だったと思われる。事実、同年九月十三日付の村上霽月宛虚子書簡には、

　文芸は現在の文明に反抗する処に一種の弾力あり、トルストイにせよ、イプセンにせよ、其強大なる力は一に此《こ》の現在文明の懐疑者たり、改革者たるところにあり。文明なるものも一方に斯《かか》る刺戟者ありてこそ進歩すべけれ、これを凡て危険なる破壊思想なりとして取締まるは余りに無見識なりと当路者を憐れミ候。（中略）ほとゝぎす定期増刊を止めたるは、同号にも一宮滝子のものを主なるものとして収録することゝ致ありたる為めなり。（傍点筆者）

と記されている。この文脈よりすれば一宮滝子の小説「をんな」が「危険なる破壊思想」であり、それがための「当路者」（枢要の任にある人）による「発売禁止」の処分、と受け取られるのである。それにしても、三十七歳の虚子は、こんなにも果敢だったのである。

ところで、この発売禁止事件には、もう一通の虚子の手紙が伝わっていたのである。その一通が見えるのが虚子門の長谷《はせ》川《がわ》零《れい》余《よ》子《し》編『俳人の手紙』（大正七年七月、春水社刊）の中。この手紙、従来、注目されることはなかった。先の『定本虚子全集』にも未収録。短い手紙なので、全文を左に掲げてみる。

拝啓。「彦太」の文中長屋の件につき御指教下され奉謝《しやしたてまつり》候。同号の発売禁止は大方これも一つは祟り居《おり》候事と存候。

四十三年九月　　高浜虚子

長谷川諧三様

（傍点筆者）

「長谷川諧三」は、旧姓・富田。長谷川零余子の本名である。私が付した傍点部に御注目いただきたい、これによれば、「彦太」も発売禁止の一因ということになる。

「彦太」とは、先の一宮滝子の小説「をんな」と同じく、「ホトトギス」第十三巻第十四号に載った虚子自身の短編小説「彦太」のことを指している。主人公である貧窮に喘ぐ「彦太」が東京西郊の「柏木」（今、新宿区）で、長屋住まいの「土工」（石炭泥坊）が「肩に手を掛けて前に推した」行為によって、憔悴しきったままで、折からの雨の氾濫による溝の「濁水」に漬かって死ぬという悲惨きわまりない小説である。虚子は、小説の最後に、

二三日目の新聞紙に彦太の死骸の見つかつた記事が出た。柏木の殺人事件といふ二号見出しは暫くの間紙面を賑はした。同時に犯人として彼《か》の石炭泥坊に今一人の男も捕まつたとあつた。けれどもどの新聞も彦太は相当に抵抗したもの丶様に書かれてあつた。

と記して、一つの疑義を投げかけ、小説執筆の意図を明らかにしている。どん底に生きる人々を凝視した小説である。この小説も虚子の言のごとく、「ホトトギス」誌発売禁止の一因ではなかったろうか。

零余子は、先の虚子書簡に対して、

柏木の殺人事件を骨子として、兇行場所を実地踏査の上、面白く書かれた短編であつた。併しどうしても事実の錯誤を免れなかつた。それを先生に書いて送つた時受け取つた返翰

なのである。

とのコメントを付している。いずれにしても、従来見落とされていた、すこぶる重要な虚子書簡といえよう。

# 芥川龍之介と子規との意外な関係

岩波書店版『芥川龍之介全集』全二十四巻の第二次刊行分の第二十一巻（初期文章・草稿）の月報を書く機会に恵まれた。龍之介は、青春の頃に愛読した作家であったので、楽しい仕事だった。私の俳号「鬼ヶ城《おにがじょう》」は、故郷宇和島にある海抜一、一五一メートルの鬼ヶ城山から採ったものであるが、龍之介の俳号我鬼《がき》をも意識したものであった（鬼貫《おにつら》にしても、村上鬼城《きじょう》にしても、私の好きな俳人は、なぜか「鬼」とかかわりが深い）。月報には、龍之介が子規好きであったことを書いた。

その龍之介、子規とは意外に近い関係にあったのである。このことは、月報のエッセイでは触れていない。龍之介は、大正十五年（一九二六）、「文藝春秋」（第四年第二、三号）に「病中雑記――「侏儒の言葉」の代りに――」を発表している。その中に左の一節が見える。

僕の体は元来甚だ丈夫ならざれども、殊にこの三四年来は一層脆弱に傾けるが如し。その原因の一つは明らかに巻煙草を無暗に吸ふことなり。僕の自治寮にありし頃、同室の藤野滋君、屢《しばしば》僕を嘲つて曰《いはく》、「君は文科にゐる癖に巻煙草の味も知らないんですか？」と。僕は今や巻煙草の味を知り過ぎ、反つて断煙を実行せんとす。当年の藤野君をして見せしめば、僕の進歩の長足なるに多少の敬意なき能《あた》はざるべし。因《ちなみ》に云ふ、藤野滋君はかの夭折したる明治の俳人藤野古白の弟なり。

龍之介が「寄宿舎南寮の中寮三番」に入ったのは、明治四十四年（一九一一）九月のこと。時に龍之介、数え年二十歳。同室者は、十二人だったという。その一人に、龍之介に巻煙草の味を教えた藤野滋がいたというのである。そして、この藤野滋は、藤野古白の弟だということを伝えている。

古白と子規との関係は、従兄弟同志。だとしたら、その弟滋と子規の関係も、また当然、従兄弟同志ということになる。すなわち龍之介は、子規の従兄弟と「自治寮」で同室であり、交流があった、ということである。もっとも、古白と滋との間には、ちょっとした事情がある。

古白が生まれたのは、明治四年（一八七一）。子規は、慶応三年（一八六七）の生まれであるので、子規の方が四歳年長。古白の母は、十重（父は漸《すすむ》）。そして、この十重が大原家の出で、子規の母八重の妹ということなのである。八重が長女であり、十重が次女である。それゆえ、子規と古白は、血の繋がった従兄弟同志ということになるのである。

子規は、従軍記者として遼東半島へ向うまでの一ヶ月余を広島で過している。その間の明治二十八年（一八九五）四月七日、古白は拳銃自殺をはかり、四月十二日に数え年二十五歳で没している。この古白を偲び、子規は、明治三十年（一八九七）五月二十八日、『古白遺稿』（非売品）をまとめたのであった。「子規とは何処《どこ》かソリの合わない点があつ」た（河東碧梧桐著『子規を語る』参照）とされる古白であるが、子規の懸命な尽力によって『古白遺稿』は、まとめられているのである。

少し横道に逸《そ》れたが、古白の母十重は、はやく、明治十一年（一八七八）、古白が八歳の時、古白と長女琴子を残して他界した。藤野家には、継母磯子が入っている（古白の義母磯子に宛てた遺言状が残っている）。そして二男三女を儲《もう》けた。先の滋は、三男。子規と直接に血の繋がりはないわけである。

が、龍之介と子規との間には、このように意外な繋がりがあったのである。龍之介が師事した子規の親友である夏目漱石と巡り合ったのは、大正四年（一九一五）十二月のこと。それよりも四年前のちょっと意外な龍之介と子規の関係である。

# 安倍能成著『我が生ひ立ち』の中の子規

安倍能成《あべよししげ》の名前は、亡父からしばしば聞いていた。同郷（愛媛県）の偉人ということであったと思う。明治十六年（一八八三）に愛媛県松山市小唐人町に生まれ、昭和四十一年（一九六六）六月七日、数え年八十四歳で没している（父も葬儀に参列したように記憶している）。哲学者。教育者。夏目漱石門。幣原内閣の文部大臣、学習院長等をつとめている。その安倍能成の著作の一つに『我が生ひ立ち』（岩波書店、昭和四十一年十一月刊）がある。雑誌「心」に連載されていたものを、没後に一書としたものである。驚嘆するほどの記憶力によって幼少時代から終戦に至るまでが振返られている。Ｂ６判、六百十二頁の浩瀚《こうかん》。

その中で正岡子規について言及されている。もちろん、この『我が生ひ立ち』を繙《ひもと》いた人々には周知の事実なのであろうが、子規とほぼ同時代人（子規より十六歳年少）、しかも同郷の安倍能成によって綴られた子規のプロフィール、貴重と思われるので紹介しておきたい。今までの子規研究には活用されていなかったようである。

明治二十八年の夏頃であつたらう、泉鏡花の小説の題にもなつて居る加賀金沢の「照葉狂言」泉祐三郎の一座が、大街道《おほかいだう》の新栄座にかゝつて居る時、桟敷で漱石と子規とが見物して居る姿を、二階の追ひ込み（大入場）から見た記憶がある。見物がハタハタと団扇と扇子を動かして居た光景から、夏だつたと推断するのである。私が一高に入学する為、明治三十五年の九月初旬に始めて上京した十九日に子規は死んだ。私は俳句都市と呼ばれる松山に生れながら、俳句を試みたこともなく、子規のえらさを強く感じたのは、大正七年に岩波書店で復刻した「仰臥漫録」を見てからであり、子規の句や歌にいくらか親しんで、その価値を認識し始めたのもその頃のことである。しかし郷里に居る時父から、子規が十四五歳の頃コレラにかゝつたのを、父が直してやつたので、子規が礼状をよこしたといふ話をきいたことがある。「子規全集」の書簡集の初にその手紙が載つて居り、読んだことはあるが、コレラとはその手紙になかつたやうだし、或は大腸カタルくらゐだつたのかも知れない。この手紙が父の手から誰人の手に渡つたかも知らない。出京匆々だつたといふこともあつてか、私は子規の葬儀にもゆかなかつた。その後、子規の従弟で私の竹馬の友岸駿《はやま》が、子規の根岸の家へ留守番にいつて居たので、彼を尋ねて正岡のおばさんにもお目にかゝり、子規家蔵の中野逍遙の遺稿を借りて来て愛読したこともあつた。

安倍能成の父は、義任《よしとう》。医師。子規の母方の祖父大原観山に師事していたので、正岡家との交流は密であったようである。

ところで、明治二十八年（一八九五）夏、というのは、能成の記憶違い。実際には十月六日

（子規『散策集』参照）。「天気は快晴」だったので場内が暑かったのであろう。

能成言うところの父安倍義任宛の子規の手紙の日付は、明治十三年（一八八〇）一月五日付。子規、一四歳の手紙。子規の残っている手紙の中では、最も若い時のものである。中に、

熟《つらつ》ラ客夏ヲ顧ミレバ、某月某日病ニ罹《かか》ル乎《か》実に困苦無彊《むきやう》（筆者注・限りないこと）、其病タル之《これ》ニ罹レバ生ル者ナク、之ニ当レバ死セザル者ナシ。

との記述があるので「コレラ」はともかく（講談社版『子規全集』の「年譜」には「疑似コレラ」とある）、生死にかかわる重篤な病であったことは間違いないのである。子規は、明治十二年（一八七九）夏の出来事としている。

能成が、子規没後の子規庵を訪問し、子規の母八重から「子規家蔵の中野逍遙の遺稿」を借りた話も、興味深い。逍遙は、子規と交流のあった宇和島出身の漢詩人。享年二十八。

# 子規と勝田主計

若き日、子規と親交を結んだ人物に勝田主計《しょうだかずえ》がいる。明治二年（一八六九）九月十五日に松山に生まれ、昭和二十三年（一九四八）十月十日に没している。享年八十。号、宰洲《さいしゅう》、明庵《めいあん》。子規を三津浜の大原其戎《きじゅう》に紹介した人物として知られている。其戎は、主計の祖母の実兄。主計、帝国大学卒。貴族院議員。大蔵大臣、文部大臣を歴任した。子規の自筆選句稿『なじみ集』には、明庵号で百四十九句が収められている。ちなみに『「なじみ集」翻刻版』（松山市立子規記念博物館、平成二十四年三月刊）所収の竹田美喜氏の「解題」によれば、収録総句数では、鳴雪（南塘）の五百八十三句、飄亭の三百八十句、虚子の三百七十三句、碧梧桐（青桐）の三百十八句、霽月の二百四十六句に次いで六番目の収録数であり、子規と主計（明庵）の親交の深さを窺うことができる。

その主計に随筆集『ところてん』（日本通信大学出版部、昭和二年七月刊）なる著作がある。沢野民治によってまとめられたものであるが、書名は主計自身が考えたものという。同書の「はしがき」で主計は、左のごとく記している。

初夏の候ではあるが、「アイスクリーム」も西洋臭い。「冷やつこ」「寒ざらし」等ではち、と高尚すぎるので、「ところてん」と名題することにした。

この『ところてん』の巻末に、「俳句の巻」として主計（明庵）の五百余句が収められている。明治二十三年（一八九〇）一月に作られている、

初日の出心にかゝる雲もなし

が処女句という。一句の後に、

正月元旦子規を駒込の下宿奥井に訪ひ、句を詠めと勧めらるゝまゝ吟じた処女作である。

との注が付されている。『なじみ集』においては、明治二十五年（一八九二）の作品として、全百四十九句の巻頭に据えられている。

この「俳句の巻」の冒頭に左のごとき子規自筆の一文が写真版で掲出されており貴重である。左に活字化してみる。

癸巳二月廿三日夜半病牀授筆

附点畢　　子規子妄

明庵兄多能之士也在泮水究経済学以余力作十七字才思煥発筆力雅健俳人墨客且一見巻舌蓋兄好遠遊有暇日則跋渉山野往観故趾名勝想其得江山助者亦多矣古来称雅客者如西行如宗祇（ママ）如芭蕉皆送一生于南船北馬之間而所謂歌人俳諧師者尽是机上談兵之類耳可謂不及于吾兄者甚遠也

子規再述

この一文、『子規全集』（講談社）第五巻「俳論俳話二」に活字化して収録されているが、『ところてん』の写真版を見ると、子規の息吹を感じることができる。次に書き下し文にして掲出してみる。

明庵兄は多能の士也《なり》。泮水（筆者注・学窓）に在り。経済学を究む。余力を以て十七字を作す。才思（筆者注・才智と心ばえ）煥発なり。筆力雅健（筆者注・上品で勢がある）なり。俳人墨客は且《かつ》一見して舌を巻く。蓋《けだし》兄は遠遊を好む。暇日有れば則《すなはち》山野を跋渉す。往きて故趾名勝を観る。其《その》江山の助《たすけ》を得る者亦《また》多きを想ふ。古来雅客と称する者は西行の如く宗祇の如く芭蕉の如く皆一生を南船北馬の間に送る。而して所謂《いはゆる》歌人俳諧師は尽く是机上の談兵（筆者注・軍事について議論する）の類のみ。吾兄に及ばざること甚遠しと謂ふべき也《なり》。

「癸巳」は、明治二十六年（一八九三）の干支《えと》である。この時、子規は二十七歳、主計（明庵）は、二十五歳。子規は、後年「家の内で句を案じるより家の外へ出て実景に見給へ」（池松迂巷宛子規書簡）と発言しているが、その姿勢の萌芽がすでに見られることは大いに注目すべきことであろう。

## 勝田主計著『ところてん』の中の子規

子規が「郷友」（『筆まかせ』）と呼ぶところの、子規より二歳年少の勝田主計《しょうだかずえ》の著作『ところてん』（日本通信大学出版部、昭和二年七月刊）の中に、いくつかの子規のエピソードが伝えられている。まず「鳴雪翁」なる文章の中に見える左の一文。その内容よりして、子規が明治二十三年（一八九〇）九月十一日に文科大学哲学科に入学した前後のころのこと。

当時正岡子規は既に俳道に入つて飄亭、非風、虚子、碧梧桐等の連中も其門下として頭を挙げつゝあつたのである。子規は元来文学の嗜好はあつたが其俳句に没頭するやうになつたのは彼の肉体的欠陥の然らしめたのだ。彼が健康の時は仲々野心もあり抱負もあつたのだ。併し彼が大学に進んでから常に病身で頭も明晰を欠いて来た。彼は学校で西洋人の講義を聞いて帰つて来ると吾輩にどうも頭が悪くて講義が何も分らない、又原書を読んでも意味が充分取れないと嘆息したことが屢々ある。彼は俳句の如き極限した文学に終生する考はなかつたが、健康の関係から最も頭を使はぬ俳句に精力を集中したのである。

子規が「西洋人の講義を聞いて帰つて来ると吾輩に（筆者注・主計に）どうも頭が悪くて講

義が何も分らない」と言って嘆息した、その「講義」が何を指したかは定かでないが、当時、「英文学、史学」をヂエムス・メイン・ヂクソンが、「哲学、審美学」をヂオルヂ・ウヰリヤム・ノックスが、「独学」をパウル・マヱットが、「仏蘭西語」をピール・グザヴイエー・ムガプール、ジエー・ビー・ブーフニが担当していた（『東京帝国大学五十年史』上冊、東京帝国大学、昭和七年十一月刊、参照）。子規は、後輩の主計（号、明庵）を評して「才思煥発」と述べ、一目を置いていたのであった。その主計（明庵）から見ると、子規は「健康の関係から最も頭を使はぬ俳句に精力を集中した」ということになるのである。興味深い子規評価である。

また「駄句と正岡子規の逸事」の文章の中では、今少し遡って、明治十七年（一八八四）、十八歳の子規を左のように描写している。

東京に出て来て大学予備門に這入つた当時の子規は、どちらかと云へば無邪気で活潑な風であつたので、体格も相当によく、テニス、ベースボールなどが非常に好きであつた。殊にベースボールは、運動の中で最も得意であつて、所謂キヤツチヤーを終始やつて居つた。自分も拙手《へた》の横好きで、屢々「フヰールド」に立つてやつたことがあつた。子規等がやつて居つた時分は、キヤツチヤーがバウンドを取るといふ時代であつたので、日本でベースボールが始つて間もない時であつた様に記憶して居る。兎に角其の時分から子規は非常に熱心に之《これ》をやつた者である。又子規は非常な健啖な男であつて、鍋焼饂飩を十杯食ふとか十二杯食ふとかいふことは屢々聞く所で、焼芋などは其の皮を炭取の中に入れ置き、朝方蒲団の中から顔を出して顔を洗ふ前からやるといふやうな風であつた。要するに子規は、極く柔和の性質であつたが、其動作は頗る勇壮な男であつた。それがどういふ機会か文学の趣味が昂じて来るに従つて身体が虚弱になつた。或は身体が虚弱になつたからして固有にあつた文学趣味が段々発達したといふのか、何れ《いづ》が原因結果かは分らぬ。どうもさういふやうな傾向になつて来た。

結びの箇所、先の見解より多少婉曲な表現となっている。執筆時期は、先の文章「鳴雪翁」が大正十一年（一九二二）、後の文章「駄句と正岡子規の逸事」が明治四十三年（一九一〇）である。

## 芥川龍之介の短歌 ―― 子規をテーマに ――

『井月《せいげつ》句集』（岩波文庫）の仕事をしていて、芥川龍之介の子規をテーマとしての面白い短歌と出会った。短い手紙の中に見えるものなので、手紙全体をまずは、左に掲出してみる。大正十年（一九二一）九月二十四日付で下島勲に宛てたものである。

拝啓　いちじく沢山に頂戴致し、難有《ありがた》く御礼申上候。

即興

これやこの子規のみことが痔をわぶとうまらに食せし白無花果ぞ
井月も痔をし痛めらば句にかへて食しけむものをこれの無花果

頓首

九月廿四日

空谷先生

二伸　院展をちよと覗き候へども碌な画は無之《これなく》、大観、溪仙、浩一路、古径なぞ僅に見るに足るべく候はむか。それよりも美術協会の参考品に山雪の真鶴の幅ならべあり候。これは立派なものに候。

下島勲は、芥川龍之介の主治医で、かつ親交を結んだ二十三歳年長の友人でもある。芥川が昭和二年（一九二七）七月二十四日に自殺した折に、最初に診察に当ったのも下島である。芥川は、伯母芥川ふきに託して、

自嘲
水洟や鼻の先だけ暮れ残る

の俳句の短冊を残している。下島には、『井月の句集』なる編著がある。大正十年（一九二一）十月、空谷山房から出ている。空谷は、下島の雅号。すなわち自費出版である。この出版に当っては、芥川が全面的に協力している。二人は、そんな仲だったのである。そして、住居も同じ田端。『井月の句集』の井月は、文政五年（一八二二）に北越長岡で生まれ、明治二十年（一八八七）、信州伊那で数え年六十六歳で没している漂泊の俳人。

梅からも縄引張て掛菜かな

泥くさき子供の髪や雲の峰
朝寒や片がり鍋に置く火ばし

のごとき作品を残している。子規のいわゆる月並俳句隆盛の時代にあって、すこぶる付きの上質な俳句である。この井月をはじめて世の中に紹介したのが、自身、信州伊那の出身である下島勲、空谷だったのである。

そこで、先の芥川の書簡中の子規をテーマとしての短歌一首である。この書簡は、『井月の句集』が出る直前の書簡ということになる。下島は、あれやこれやと世話になっている芥川に、ささやかな御礼の気持ちを込めて、無花果《いちじく》を贈ったようである。その返礼の短歌二首。その最初の一首に子規が詠《よ》まれているというわけである。芥川は、子規大好き人間の一人であり、その文章の中には、しばしば子規が登場する。その一つ「明治文藝に就いて」（大正十四年十月）の中では「子規は即ち昇らんとする月」と表現している。

そこで〈これやこの〉の歌。「みこと」は、尊称。「うまらに食せし」は、おいしいと言って食べた、の意。ただし「痔をわ」びていたのは、子規ではなく芥川自身。芥川のユーモアである。人見必大著『本朝食鑑』（元禄十年刊）を繙《ひもと》くと、「一孰果《いちじく》」は「五痔（牡痔・牝痔・腸痔・脈痔・血痔）」に効くと記されている。さすが芥川である。子規の病と、自《みずか》らの病を重ねての一首というわけである。もう一首は、下島、芥川が夢中になっていた井月をテーマに。井月が、子規（実は芥川）と同様に痔疾だったら、俳句をそっちのけにして無花果を食べただろうというのである。これもユーモア。この歌からは、芥川の井月好きが窺える。

末尾に付されている画家の姓名のみを記しておく。それぞれ横山大観、冨田溪仙、近藤浩一路、小林古径、それに狩野山雪でよいと思われる。下島に対して、芥川は「僕の書画を愛する心は先生に負ふ所少なからず」（「田端人」大正十四年三月）と述べている。

V

# 特別対談
# 「子規の革命性と身体性」

復本一郎 × 黛まどか（俳人）

二〇一六年四月十五日　子規庵にて

記録　鈴木光影
写真　角南範子

## 革命家としての子規

**復本**　お久しぶりでございます。本日はよろしくお願いします。

**黛**　よろしくお願いします。

**復本**　僕が一番最初にまどかさんにお聞きしたいのが…、俳人としてですね、子規というのはどういう存在かということです。

**黛**　いきなり大きな質問ですね…（笑）。

**復本**　（笑）。例えば虚子でしたら、今の俳人達の一つの目標といいましょうかね、虚子からいろんな流派ができてくるわけですけれども。その一つ前の子規というのは、どういう意識で、俳人・まどかさんがイメージされているのか。

**黛**　古典からの流れが連綿と続いてきた中で、子規は、今私が作っている俳句、私達が拠って立つところの俳句の礎《いしずえ》を作った人という感覚です。子規が生まれた明治維新という激動期は、日本全体が、政治、経済、教育、行政、軍事…、あらゆることが「近代」という名前に適《かな》うガイドラインを作らないといけなかった。その中で、子規は「近代」の俳句のガイドラインを作った人だと思うんです。その延長線上に今の俳句がある。子規が切った舵のまま俳句は進んできている。私は子規は革命家だったと思うのです。革命家たる自覚があったと思うんですよ。子規ははっきりものを言う。目上の人にも、正面切って、激論を戦わせる。そこには、自分は革命家なんだという自覚があった。子規自身も、革命や改良は青年の仕事だというようなことを、『病牀六尺』で書いてます。革命家には条件がいくつかあると思うんですけれども、一つは、言葉を操れる人であること。革命家は世界中にいますけれども、皆名言を残していますよね。

**復本**　はい。

**黛**　人を引っ張る力のある、自分の言葉を持っている。それから、カリスマ性があるということ。当時結核を患っている人のもとに、これだけ小さい部屋に（子規庵の屋内を見渡す）人が集まるというのは、稀有なことだったのではないでしょうか。ふつうは恐れますよね？

**復本**　ええ。死病と言われていましたからね。

**黛**　あの時代にね。

**復本**　それで、ここでお茶を飲んだり、お酒を飲んだりするわけですよね。子規自身晩年はそれを非常に気にしてですね、よく灰で磨いて茶碗などを使ってくれと言っていますけれども。それにしても、人が集まる、お弟子さんが集まる、お弟子さん以外の人も集まる、それは不思議ですよね。ですから今言われたように、カリスマ性ですよね。カリスマ性ってやはり持って生まれた資質、能力なんでしょうかね？

**黛**　資質もあったと思います。私は革命家の条件の中に、純粋であるということも大きな要素として入ると思うんですね。革命家は皆純粋で一途です。子規の純粋さに人は魅了されたんじゃないかと思うんです。面罵されたり、批判されたりした時には一瞬気まずくなってもね。

復本　そうですね（笑）。

黛　批判の出所が純粋であるからこそ修復できたと思います。坂本竜馬が、「英雄とは自分だけの道を歩く奴のことだ」と言っていますけれども、まさにその通りで、自分だけの道を歩いたのが子規だったのだと思うのです。それからもう一つ、子規が革命、革新を成し遂げられたのには、媒体を持っていたことがとても大きいと思います。

復本　はい。大きいですよね。

黛　しかもそれが新聞という公認されたもの。新聞に書くということは、既に一定の認知をされているということになりますよね。しかも子規はメディアの使い方がとてもうまい。本人はまだ毛筆でしたが、新聞は活字。しかし活字というものを非常によく分かって、メディアをうまく使っていた。それも才能の一つだと思うんです。いろいろな条件が重なって、子規は革新を成し遂げていったのでしょう。

## 子規の幸運な出会い

復本　そうですね。それで今言われたように、「日本《にっぽん》」という新聞を使うということについては、やっぱり陸羯南《くがかつなん》との出会いですよね。叔父さん、つまりお母さんの弟の加藤拓川《かとうたくせん》の親友ということで、羯南と出会うわけですけれども。それでこれは不思議なことなんですけれども、やはり羯南の先見性というか、人を見る眼、そういうものがあったのでしょうか。満年齢でいえば二十四、五才の若い青年に対して、新聞の一角を与えて、自由にさせたということ。これは子規にとって大きかったので、やっぱり羯南という人物に出会わなかったら、子規という人はひょっとしたら生まれなかったのではないかと。だから、出会いってものすごく大切ですよね。まどかさんが今日までを振り返った時にその節目節目でいろんな人に出会って、そして大きな衝撃を受けたり、あるいは影響を受けたり、あるいは、まどかさんがやりたいことの手助けをしてくださったり、いろんなことがあるでしょ。人との出会いって本当に不思議だな、ということを思います。

**黛**　陸羯南は日本の伝統を守りたいという意志で「日本《にっぽん》」を立ち上げた。ただ、先生もお書きになっていますけれども、コチコチのナショナリストではなかった。常に西洋というのも視野に入れていた。そういう出会いというのはとても大きかったですよね。

**復本**　大きかったですよね。羯南は、今日的な言葉で言うと、「国粋主義」。「国粋主義」といえば響きが今日的には良くないんですけれども、羯南の「国粋主義」というのは「国民主義」「人民主義」というかそういうものから発している「国粋主義」。西洋文明がどんどん入る、それに対して日本独自のものが消えていくという危機感から発したんで、羯南の考えの元になっているのは、一番大切なのは「国民」なんだと。「人民主義」といいますかね。ですから人民あっての天皇だと。あの頃、天皇制が確立したばかりの時に、一番大切なのは国民なんだという発言をしている。羯南を評価する際に、「国粋主義」ということで簡単に論じてしまうと大きな間違いを犯すと思います。羯南は青森県弘前の出身で、弘前では羯南の研究が盛んですけれども、今後、羯南の研究は子規と同じように進んでいくのではないかと。やっぱり当時の逸することの出来ない、偉大なるジャーナリストであったのではないかなと思います。

**黛**　「小日本《しょうにっぽん》」を発行するのは、日清戦争の影響ですよね？

**復本**　そうですね。政府に対して、主体の「日本」が、しばしば盾を突いて、そして発売禁止になる。それを何とか回避して、その間もいろんな事を発信したい。反政府的なですね、本当に自分達がいいと思った事を発信したい、それには、やっぱり別仕立の新聞をということで「小日本」を考えつきます。羯南とか古島古洲《こじまこしゅう》とかですね、周りの人達が。その時にこれまた運がよかったんですけれども、子規がふっと浮上して、それでは子規に編集を任せようじゃないかということになって。ただ、やったはいいけれども、売れないんですね。売れないっていうのは何でかというと、小新聞《こしんぶん》というんですけれどもね、今でいうタブロイド版的な婦女子を相手にするもの。ですから小新聞にしては内容が少し難しすぎたのではないかな。ですから部数が伸びない、ということで資金難に陥って、別会社ですので、その年にすぐ廃刊ということになってしまうわけです。

**黛**　そこでまた出会いというと、中村不折に出会うわけです。

**復本**　はい、不折ですよね。ここ（子規庵）の目の前に書道博物館（不折が独力で蒐集した、中国及び日本の書道史研究上重要なコレクションを有する博物館）がありますね。

**黛**　はい。

**復本**　本当に人と人との出会いというのは不思議で、羯南に出会わなかったら子規は誕生しなかったでしょうし、不折もそうですね。のちに日本における西洋画壇の大家になりますけれども、子規と出会った時には本当に貧しくて貧しくて。古島古洲は二畳とか三畳とか言っていますけれども、まあ四畳半くらいはあったんでしょうけど、とにかく、そういう中で着るものも着ない、食べるものも食べないようにしてコツコツと絵を描いていたわけですね。そこで、不折の師匠筋の浅井忠が羯南と友人で、子規が、「今までの絵とは違った挿絵を載せたいんだ。誰かいないか」と言ったら、浅井忠が、「耳が遠くて非常に偏屈であって、我々にはちょっと持て余しているんだが、もし不折で良ければ紹介する」ということになった。それでたまま会わせたら、これが本当に不思議で…。不折も美男子なんですけれども、子規が会ったころはそんなでも無かったのかもしれません、容貌魁偉《ようぼうかいい》ということも手伝ってか、皆から嫌われた。耳が遠くて会話が出来ない。それから身形《みなり》が汚い。それから偏屈。それやこれやで嫌われたんでしょうけれども、不思議と子規と気が合って。子規が陰になり日なたになりして不折を世の中に出すというね。これもちょうど子規が羯南との出会いによってだんだん世の中に出て行ったように。ですから不折自身も、子規に対して非常に感謝していて、子規が亡くなってからの晩年の文章の中で、自分が今日あるのも子規との出会いがあって、子規にお世話になったことによる、というようなことを言っていますけれどもね。人と人との出会いって不思議ですよね。

**黛**　そして子規の方も不折と出会っていなければ「写生論」は完成しなかった。

**復本**　そうですよね。ですから不折がやっと話し相手が出来たんで、おそらく自分の絵に対しての思いを子規にぶつけたんでしょうね。それがやっぱり子規を覚醒させたというか。自分が今まで何となくやってきたことって、不折から聞く「写生」じゃないかということで、そこで「写生」ということが閃いたんでしょうね。

## 「写生論」の間違った解釈

**黛**　本書の中にお書きになっていますけど、「写生論」が割と間違って伝わっている。写生というのはありのままを写すということではないと。実際、子規が写生には取捨選択をしなければいけないと言っています。

**復本**　はい。ですからそれは、今の俳人の方達も「写生」ということを間違って解釈している。これは、虚子が「客観写生」というようなことを唱えたんで、その影響が強いのかもしれません。「写生」というと、とにかくありのままを俳句に形象化するというような理解だったんですけれども、そうじゃなくて、言ってしまえば、妙な言い方ですが、「主観写生」というようなもの。それは不折自身もそういうことを言っているんですね。絵の場合、自分の心が感動しないでただ写しても駄目なんだと。子規も全く同じというか、不折の影響であるんでしょうけれども、感動した事を詠むんだ、と言っています。その時に取捨選択ということが行われてくるんでしょうけれども。それで私がこの間、朝日新聞にちらっと書いたんですけど、喜怒哀楽ですね、今の俳人の方達もそうですけれども、そういうものを形象化していくのに、やっぱり抵抗感があるようです。そうではなくて「心の写生」、自分の心を写生するというような考えをとったら喜怒哀楽というものを俳句に形象化しやすいのではないかというような気がしています。

**黛**　感情、ですよね？

**復本**　感情ですね。自らの感情を「写生」する。客観的にね。だから、文学者にとって一番大切な資質って、自己客観化だと思うんですね。自己を客観視しうる才能。だから例えば、まどかさんならまどかさんという俳人がいらっしゃって、俳句を作っているわけですけれども、それをこっちからもう一人、客観的に見ることの出来る、そういう資質を持った人が文学者として成功していくのではないかなという気が、私みたいに文学の周辺にいる人間はそう思いますね。僕が「俳句が嫌い」だというのはですね…。

**黛**　そう、先生はいつも「俳句が嫌い」っておっしゃるんですよね（笑）。

**復本**　（笑）。俳句が嫌いで、俳句が我ながら下手だと思うのは、自己客観化しうる能力に欠けていて、自己に酔ってしまうというかね（笑）。だからやっぱり文学者って、自己客観化しうる能力ってすごく大切だと思うんですね。まどかさんなんかそういう能力にすごく恵まれていらっしゃるから、すくすくと伸びてこられたんだと…。

**黛**　いえいえいえ（笑）。

**復本**　この本の「あとがき」にまどかさんとのかかわりを、神奈川大学の高校生俳句大賞においでいただいてからと書いたのですが、実はそうではなくて、ずっと前からお父様（俳人・黛《まゆずみ》執《しゅう》氏）との関係で存じ上げていて、パーティなんかで一言二言言葉を交わすことはあったのです。その頃から作品をずっと見せていただいていて、だんだん作品が良くなっていく。それはやっぱり、本来的にあった自己客観化しうる能力に磨きがかかってきて、すくすくと俳人として伸びておいでになったのかな、と。

**黛**　自己客観化しすぎて自分の欠点が目に付いて困るんですけどね（笑）。

**復本**　（笑）。

**黛**　でもそれも、ある意味必要なことでしょうね。

**復本**　非常に大切な能力だと思いますね。酔っちゃいけませんからね、自分にね。

## 俳句における技術と純粋さ

**黛**　常にもう一人の、俯瞰している自分がいないといけないですね。子規の言う取捨選択というのは人生にも通ずるものがあります。人生においても私達は無意識の中で取捨選択をしてきているんですよね。今日、先生と子規庵にいることもやはり沢山の取捨選択の積み重ねの上にある。そうやって選び取ってきた結果の「いま、ここ」だと思うのです。ですから、子規にとっての「いま、ここ」が写生だったんじゃないかと思うんですよ。不折が写生論で、例えば花を絵に描く時に「二つ三つの花を描く時は実物より大きく描かなければいけない」ということを言っています。宮大工の小川三夫《おがわみつお》さんは「錯覚の矯正」という言葉を使われます。例えばテーブルを機械でまっ平らに削ると、錯覚で真ん中がへこんで見えるので、大工さんは敢《あ》えて真ん中を少しだけむくるんだそうです。そうすると、かえってまっ平らに見える。これは子規の写生論に通ずると思うんです。ありのままだとありのままに写らない。

**復本**　そこが大切なんですよね。そこになるとやっぱり、技術的な面。俳句もね、僕は素直に作ったらいいですよと初心者の方に言うんですけれども、実際にはそうではなくて、最終的にはいかに人に面白く読ませるかが大切です。私は何人かプロの俳人の方を存じ上げているんですけれども、皆さんやっぱりそういう力量を持っていらっしゃいますよね。本当のプロの俳人はね。ただ、五七五と並べて、切れ字を入れて、季語を入れて、じゃないですものね。だから読者。世阿弥なんかもそうですけれども、いつも見者（見物人）を大切にして、皆にどう見られるかということを考えながら演技してますよね。

**黛**　その通りだと思います。観客をよく知っている。

**復本**　ですから俳人の方達も、本当の優れた俳人はやはり読者というものを意識しながら、もちろん一番大切なのは感動でありますし、ふつふつとしたものを、それを何とか表現する。だけどそれと同時に読者にどう読まれるかということをものすごく意識されているのではないかと、読み手の僕としては思います。

**黛**　自分が表現したいことだけではなくて、それが他者へどう伝わるか。要するにテーブルを少しむくるということが、技術ですよね。

**復本**　ええ。ですから、技術が無ければ俳句なんかできないと、はっきり言ってしまえば、僕はそう思いますね。

**黛**　私もそう思います。

**復本**　本当に純粋で、五七五と指折り数えても駄目ですものね。本当の俳句はね。だからそれは、芭蕉にしても鬼貫にしてもね、「誠」ということを唱えて、本当に純粋ではあるんですけれども、しかしそれだけでは残る俳句は作れないんで、その宮大工さんのように、あるいは彫刻家のように一刀一刀、見せるということを意識しながら作り上げていく。あるいは、能楽とか芝居だったら演じていく、ということが必要なんではないかなと思います。

**黛**　しかもそれが「あ、むくったな」と思わせないようにね。

**復本**　そこですよね。

**黛**　そこです。やりすぎは駄目なんです。作為が見えてしまっては。それで言いますと、子規の句「柿くへば鐘が鳴るなり法隆寺」。これを碧梧桐が、子規らしくないと言っていますよね。

**復本**　はい、言っています。

**黛**　碧梧桐は、「柿喰ふて居れば鐘鳴る法隆寺」じゃないかと。でも私はこれは子規の代表句だと思うんです。「柿喰ふて居れば鐘鳴る法隆寺」ではそのまま過ぎて詩ではないと思うんですよ。「柿くへば」と言った後の、切れの後に、あの斑鳩《いかるが》の非常にのどかな風景が浮かんできて、鐘が鳴ってきて。そこで法隆寺が出てくるという…、これはありのままではない、子規の唱える写生句の典型です。

**復本**　おそらく、それを生かしているのが、調べ。リズムというか。非常になだらか。だから芭蕉の「古池や蛙飛びこむ水の音」と同じように、子規の句で何を知っていますかといったらほとんどの方が、「柿くへば鐘が鳴るなり法隆寺」、この句を挙げるという。これは一度聞いたら忘れないんですね。だから調べを作り上げるということも俳人の力量なのかしらということを思いますけどね。

**黛**　調べは、ある意味では、意味よりも大事ではないかと思うくらいですね。

**復本**　本当にそう思いますね。

**黛**　深いところに響かせるというのは、やっぱり調べだと思いますね。

**復本**　一度聞いたら忘れないというような俳句ってありますよね。

**黛**　これ、本当は東大寺だったという話もありますけどね。

**復本**　東大寺で、宿に泊って、その宿の娘さんが山のように柿をむいてくれたと。だけどそうじゃなくて、僕は、やっぱり子規は法隆寺にも行ったでしょうし、あの辺柿が沢山あるんで、茶店にふっと休んで、それで柿を食べていたら鐘が鳴った、ということだったと思いますね。そんなにモンタージュみたいな鑑賞をやらなくてもいいのではないかと思いますけど。

**黛**　東大寺では違います。これは法隆寺なんですよね。「鶏頭の十四五本もありぬべし」、これも写生句ですよね。全ては見えてはいないけれども、でも病床から、おそらく数本は見えたでしょう。そこから後の見えていない鶏頭も含めて写生している。

**復本**　そうですよね。やっぱり、「心の写生」ですよね。心眼でしょうかね。

**黛**　写生というのは不可視な世界をも写すことが出来る、ということですよね。またそれが無いと、真の写生にはなっていかない。

**復本**　そうでしょうね。やっぱり文学として俳句を面白くさせるには、今、不可視とおっしゃいましたが、幻視とか幻聴とかそういうものってすごく大切ですよね。見えないものを見たり、音のない音を聴いたり、そういう資質に恵まれている人といいましょうかね、そういう人がやっぱり、文学をされるんでしょうね。

**黛**　先生だってされているじゃないですか（笑）。

**復本**　僕はもう、人のやっている事をあとからコツコツと研究するしか能が無いんですけれどもね（笑）。

## 蕪村再発見と芭蕉への思い

**黛**　子規は蕪村を尊敬していましたよね。そしてその魅力を再発見しました。

**復本**　ええ。

**黛**　私は蕪村の特徴の一つとして、見えない世界を出現させるところがあると思います。例えば、蕪村の句「凧《いかのぼり》きのふの空の在りどころ」。

**復本**　それはすごく面白いご指摘ですね。蕪村の中にそういう見えないものを形象化していくということはあまり今まで言われていないんで。そういう資質って蕪村にはあったのかもしれませんね。そういうものにひょっとしたら子規も魅かれていったのかもしれないですね。ただ、子規は体を動かすことができなくなったから、徐々に蕪村へと傾斜していったと思うんですね。もし子規が健康に恵まれていたら、芭蕉と同じように動き回って自分で見て、そして作りたいという思いがすごくあったと思うんですよ。ですからまどかさんも、今方々へ、あっち行ったりこっち行ったりしてますけれども（笑）。

**黛**　（笑）。

**復本**　それはすごく俳人としては恵まれていらっしゃるんで。野澤節子さんなんかね、しばらく病床におつきでいらっしゃった。ああなると、やっぱり芭蕉を目標にできなくなる。それが蕪村へと子規を傾斜させていったのではないかと思うんです。蕪村というのは、想像の翼をはたらかせて作品を構築していくというタイプの俳人ですから、病牀六尺についた子規には、芭蕉より蕪村により親しみを感じたんじゃないかと思うんですね。ただ、夏目漱石のお弟子さんの寺田寅彦なんかは、「子規がもう少し命に恵まれていたら、もう一回芭蕉に帰っていったのではないか」というようなことを言っています。やっぱり僕は子規が一番尊敬し、そして学んだのは芭蕉だったのではないかなと思うんですね。

**黛**　批判したように思われていますけれども、大変尊敬していますよね。「俳句界中第一流の人」と書いています。

**復本**　はい。

**黛**　先入観を捨て自分の眼力で再評価するのは、蕪村、芭蕉のみならず、子規の一貫した態度です。ただ、定説を覆す時の子規のやり方で、こちらを上げる時には誰かをけなすという…（笑）。

**復本**　ありますよね（笑）、戦略ですよね。

**黛**　『俳人蕪村』では芭蕉を度々引き合いに出し比較して論じていますが、本質的には決して芭蕉を非難しているわけではないですよね。むしろ後世の、芭蕉にぶら下がっている人達を批判している。

**復本**　それが癪に障った。だから、子規の周りには何人かのお弟子さんがいたんですけれども、芭蕉のように多くのお弟子さんがいたわけではないので。多くのお弟子さんが芭蕉を継承する。そしてそれが次の世代、次の世代とどんどん芭蕉が神格化されていく。そういうものを目の前に見ると非常に不愉快な思いがしたんだと思います。

**黛**　ちょうど芭蕉の二百年忌に当たったんですね。それを機に妄信的に芭蕉を崇拝する人達が「二百年忌記念ムーヴメント」に群がった。そういう動きを目の当たりにして、子規の正義感が許さなかった。

**復本**　正義感というか、負けず嫌いといいましょうかね。

**黛**　それに火がついたんですね。

## 子規の〝身体性〟

**黛**　子規は病弱で、子どもの頃からそんなに丈夫じゃなかった。亡くなったのは明治三十五年九月十九日、三十五歳ですか？

**復本**　数え年で三十六歳ですね。満年齢、我々の年齢ですと、三十四歳。誕生日のちょっと前ですね。誕生日は、陽暦に直すと十月十四日の生まれです。三十四歳なんです。若いですよね。

**黛**　私は身体性という視点で子規を考えるんです。子規自身が、俳句には理屈から入ったと言っていますよね？

**復本**　はい。

**黛**　ただ、私は理屈から入って理屈で終わっていないと思うんですよね。子規のすごいところです。それには身体性が伴っていたからだと思うんです。私が思う子規の身体性というのは、三つあります。一つは、旅をよくしたこと。二十二歳から二十六歳くらいにかけてものすごく歩いていますよね。

**復本**　そうですね。一番最初は「水戸紀行」というね、それが原因で結核になったと子規自身言っていますが。

**黛**　身体を酷使して、つらい旅を続けています。明治二十五年の箱根・伊豆の旅の中で、「少しく俳句の寂といふ事を知ったやうに思ふた」と言っていますね。私の故郷に近い函南の軽井沢という集落に、子規の句碑がぽつっと建っているんです。「唐秬のからでたく湯や山の宿」。当時は三軒程の宿があったようですが、ひなびた村です。四、五人の男女が炉を囲んで話している。宿の小娘が風呂を沸かしてくれるのですが、それが唐きびのからなんです。実にしみじみとした旅情が出ているのですが、おそらく、このあたりで寂というものを感じたのでしょう。私はあの旅が子規の中では開眼の一歩だったんじゃないかと思うんです。そうやって旅を重ねて、いろいろなことを身体で感じていった。そして二つめが、「俳句分類」だと思うんです。分類ってもちろん頭でやるのですが、パソコンの無い時代に、十二万七千句ですよね？

**復本**　はい。

**黛**　まず本を集める、古書を収集するところから始まって、集める、読む、分ける、書き写す、と。その作業全てが身体性を伴っています。膨大な発句が頭にも入ったでしょうし、時代時代の思潮も見えてきたでしょう。そういうものが、頭ではなくて子規の肉体を通して沁みこんでいったということはとても大きい。

**復本**　大きいですよね。子規は小さい時から書くことが大好きだった。それで、いろんなものを写したりするんですが、今言われたように「俳句分類」もただ分類するのだけじゃなくて、書くという作業を通して俳句がずうっと自分の中に入り込んできて、それをずうっと続けてきまして。ある時、芭蕉の『猿蓑』にめぐりあって「あらっ」と思うわけですからね。頭の中の理解というよりも、今言われたように、身体の中を通しての理解と言った方がいいかもしれませんね。自らの筆によって筆写していたら、「あらっ」と思って、今までの俳句とは違う俳句がそこに現れたというので非常に衝撃を受けるというか、それはおっしゃられるとおりだと思います。

**黛**　子規の短歌で、「真砂《まさご》なす数なき星のその中に吾《われ》に向かひて光る星あり」。実際に詠んだ時の状況は違うかもしれませんが、私は、分類をしている時の実感が蘇ってきて詠っているのかなと思うんですよね。蕪村の俳句に出会った時とか、好きな句に出会った時には、真砂なす十二万何千句の中から、自分に向かって光ってくる感じだったと思うのです。

**復本**　それはまた面白い解釈ですね。

**黛**　そういう出会いの瞬間、それが楽しくて。病の身でありながら分類を続けられたというのは、たまに光る星に出会える無上の喜びがあったからなのだろうと思います。

復本　それはある。あの歌が、そうなのかどうかは別としてですね。

黛　ええ、実際は別として。底流にはその経験があると思います。

復本　そういう経験というのは、したでしょうね。

## 病と闘ったからこその子規

黛　三つめは、病です。病身を通して世の中を見ていたし、俳句にも向き合っていた。ヴィクトール・フランクルという、ナチスの強制収容所での体験を書いた人がこんな主旨のことを言っています。苦しみを抱えている人の、苦しみを取り除くということは誰にもできない。身代わりになってやることもできない。運命を引き当てた人のみがその苦しみを引き受ける。そこに二つとない可能性が生まれる、と。子規の場合もそうでした。

復本　まさにそうですよね。それが、才能なのか、本人の努力なのか。周りの人がどんなに慰めようと、全く…。その人の立場になってそして語りかけるということはすごくその人にとっては有効なことなのかもしれませんけれども。しかしそういう風ないろんな逆境に置かれた人達がそれを生かしうるかどうかということは、やっぱりは本人次第でしょうね。子規はすごい努力をしたけど、それを他人には見せない。ですから、子規を面白がって、この子規庵へ十人も二十人もが入るというのはそういうことなんでしょうね。今言われたようにそういうような逆境、ちょっと考えられないくらいですよね。体に八つも穴が開いて、膿が出て、痛くて痛くて這いずり回って。

**黛**　泣き叫んで…。

**復本**　ええ。普通だったら、俳句どころじゃないですよね。それをそこでやってしまうというのはね、そういうような極限状況に置かれてもなおかつ、それをねじ伏せるだけのね、力というかそういうものに恵まれていたんでしょうかね。

**黛**　病気の境涯に処しては、病気を楽しまなければ生きて居ても何の面白味もない、と言っていますよね。言えそうで言えないことだと思うんですよね。

**復本**　うん。まさにそういう点では、病気を楽しむことができた人なんでしょうね。

**黛**　最近、「周死期学」という考え方があります。「death」ではなく「dying」の死。つまり、点、瞬間としての死ではなく、プロセスとしての死を考えるということです。死を前に、意識が次の世界にシフトすると普通の人には見えないものが見えてくるというんです。私は子規もそうだったのではないかと思うのです。死を全く意識していない我々には見えないものが、子規には見えていた。周死期学では「霊性」という言葉を使っているのですが、生きている間に「霊性」を知った人ほど、「いま、ここ」を実感できると。子規は、「いま、ここ」を、まさにここ（子規庵）で、花に、風に実感し、俳句や文章にしていたのではないかと思います。子規は万葉集を認めていますよね。

復本　はい。

黛　私は「霊性」を万葉集に感じるんです。あの古代の歌に。菫と添い寝をするような山部赤人の歌があります。俳句は自然への存問《そんもん》ですが、そういう見方で言いますと、自然を媒介にした「霊性」への存問であって、子規にはよく見えていた、ということかもしれません。そう思うと、病が、子規を形成する上で非常に大きかったと言えますね。

復本　そうですよね。妙な言い方をすれば、子規の文学に病がプラスに働いたということですよね。

黛　どれひとつ欠けても、子規は無かったかもしれない。

復本　それはその通りでしょうね。やっぱり病と闘ったからこその子規でしょうね。だから、子規がもし健康であったら、今日の我々が見ることができているような文学に、作品に接することができたかどうかということですよね。ひょっとしたら全く違った作品になっていたかもしれません。病を通してあれだけの文学活動ができたわけですからね。

## 子規庵句会と俳句の題材

黛　明治三十年でしたか、蕪村忌の句会を子規庵で行いますよね？

復本　やりますね。

**黛**　その時の句稿を天理大学の図書館で見たのですが、様々な題で詠んでいました。「ゼルサレム」「歳晩」「冨士山」「万里長城」とか。地球儀があったからなんでしょうか、「シベリア」や「台湾」「朝鮮」「太平洋」など実に多様な、グローバルな題で作っていて。あの時は写真も確か撮っていますね。

**復本**　ええ、庭でね。

**黛**　他の句稿を見ても、いろんな人が書いていますが、皆、筆が活き活きしていて、ここ（子規庵）がどれほどの活気に満ちていたかと感じました。

**復本**　そうですよね。蕪村忌なんかでもここへ静岡の俳人加藤雪腸《せっちょう》などが来て、二人も三人も泊まるわけですよね（明治三十二年の蕪村忌）。こんなに（部屋中を見渡して）せまいところへね。よく泊まれてね、それでお母さんと妹さんはそこ（台所があった小部屋）へ寝たわけだったんですからね。本当に面白い生活ですよね。

**黛**　あの活気は今の句会には無いんじゃないかな、と思いますね。皆全く対等の関係で、誰が誰に何を言ってもいいという、師弟も年齢も関係なくというね。題も、面白い題、新しい題を選んでね。「四睡の図」「泥亀」「懐炉」など、いろいろ挑戦しています。子規の句「春風にこぼれて赤し歯磨粉」なんかもね。

**復本**　まどかさん、その歯磨粉の句なんかお分かりになりますか？

**黛**　私これは好きです。あ、分かりますって歯磨き粉が赤いことが分かるかってことですか？

**復本**　そうそうそういうこと、世代的に（笑）。

**黛**　私はその時代ではないです。私は、白いです（笑）。

**復本**　粉歯磨きって分かりますか？　かすかに覚えていますか？

**黛**　覚えていないですよ（笑）、覚えてないですが、映像で見たことがあります。

**復本**　（笑）。昔は粉だった。不思議に赤い色がついていたんですよ。白い歯磨き粉なんて無いんですよ。それで粉が缶に入っていましてね、僕が子供の頃はそうでした。それをそこ（子規の庭を指して）に井戸があって。その井戸端でおそらく歯を磨く。すると、風がすっと吹いて、歯磨粉がふぁっとこぼれる。僕もこれは好きな句ですけれどもね。眼前に浮かぶような句だと思いますね。まどかさんなんか勉強されるからこういう句を理解されるのでしょうけれども、俳句ってやっぱり残る俳句、残らない俳句ってあると思うんですね。子規の句「黒キマデニ紫深キ葡萄カナ」、こういう句は今でも通用しますよね。

**黛**　そうですね。でも、感覚はわかると思います。朝目覚めた時、今日も生きていた！という喜び。こぼれた赤い歯磨粉の鮮やかさと春風に、「生」の喜びが溢れています。

## 現代の俳人にとって悲しむべきこと

**復本**　芭蕉は「不易流行」ということを言いましたが、歯磨き粉の句なんかは流行性の強い句なんだと思うんですね。明治という時代がふわぁっと浮かんでくるという。だから両面があるのかな。もちろん不易にして流行、流行にして不易という句が一番理想的なんでしょうけれども。しかし流行の句も素晴らしいんですけれども、なかなかそれが愛唱され続けにくいような要素というのを持っているんじゃないかなと思いますね。ですから、実際に俳人としてまどかさんなんかがお作りになられる時でも、今という時代を見据えながら作品を作っていると、ややもすれば、百年とか二百年とかのスパンで言った時に、その作品が理解されにくくなる。そういう点では自然を対象に詠む、というような作品は、時代が百年経とうと二百年経とうと皆が理解し得ると思います。そういう場合に、先ほど雑談で原発の話が出ましたが、日本の美しい自然というものがどんどん破壊されていく。これは本当に悲しむべきことですし、俳人にとってもまた悲しむべきことではないかと思うんですよね。私の家は横浜でも田舎にあるんで、山があったり川があったりするんですけれども、今、その山が「あっ」という間に無くなるんですね。削り取られ、造成されて、そして家が建っていく。都会からどんどん自然が失われていくというのが現状ですので、これは日本の政府も考えなくてはいけないけれども、我々といいましょうかね、いろんな人々がもっともっと日本の自然というものを残していくような方向で務めなければいけない。俳人の方達が、自然を詠むということができにくい時代になっていっているように思います。特に、大都会の俳人の方達ですよね。東京、大阪、名古屋、そういうところの俳人の方達は非常に。だから吟行へ行って田舎へ行って。ですけど田舎も危ないもので。高速道路ができたりですね、あるいは新幹線ができたりですね。ですからその辺はすごく難しい問題だと思うんですよ。それでは田舎はいつまでも不便でいいかということになる。それはそれでいけないんですけれども。しかしその利便性といいましょうかね、そういうものの代償として、非常に大きなものが失われつつある。これもまた考えなければならない大きな問題じゃないかと思いますね。

**黛**　子規の「写生論」に大きな影響を与えた不折、その先生が浅井忠です。浅井忠達はフランスのバルビゾン派から影響を受けているんですけれども、そのバルビゾン派の画家達に、ルソーやミレーがいます。私もバルビゾンやフォンテーヌブローの森が好きで、何度か行ったことがあります。彼らが素晴らしかったのは、自然を描くだけでなく、その芸術の源泉となった森林を保護する運動をしているんですね。フォンテーヌブローの森が開発の危機にさらされた時に、ルソーとミレーは開発反対運動の先頭を切って森林保護活動をしました。バルビゾンには二人の功績を讃える碑が建てられています。「紅旗征戎吾事《こうきせいじゅうわがこと》に非《あら》ず」という生き方もありますが、恩恵を受けているだけでいいのかということを今私達は考えなくてはいけないですよね。

**復本**　本当ですよね。難しい問題ですよね。世の中が進歩する、そして世界的な規模で動いていく。今日もここへ来る時に、外国の方が非常に多いんですね、びっくりするくらい多い。中国の方に限らずに、どこの国の方か分かりませんけれども。良い事なんでしょうけども、それがふと考えると経済がらみで見られる傾向にある。それも悪いことじゃないのかもしれませんけれども、外国からどんどん人が来る、それによって日本の経済が潤うというね。その辺が、僕なんか田舎者ですから、何かちょっとなぁという気がします。おいでになることは良いのですがね。それを当てにしているでしょ？　日本の経済界が、あるいは国家も含めてね。

**黛**　そうですね。

## 子規が今、生きていたら

**復本**　オリンピックも素敵なスポーツの祭典であり素晴らしいことだとは思いますけれども、オリンピックをやって、大勢の人が来て、それで日本の経済が潤うとかね、いつもやっぱり経済至上主義、経済中心の世の中。経済によって動かされている世の中。それでもし、こういう世の中に子規がぽっと、タイムスリップして、というか蘇って、こういう状況を見たら、面白がるのか、困った世の中になったと思うのかですね。

**黛**　本当にいろいろな場面で、もし今生きていたらどう言っていたか、どういう行動をとっていたかと、子規ほど思う人はいないですね。

**復本**　そうですよね。新しいもの大好きですからね。

**黛**　ええ。でも、権威にも立ち向かっていきますよね。

**復本**　そうです。

**黛**　「ほととぎす」創刊一周年号に、既にもう、「ほととぎす」が俳句の革新という究極の目的を失ってはいけない、と書いているんですけれども、これはすごいことだと思うんです。たった一年ですよ。革命家のチェ・ゲバラが「革命家になるのは決して容易ではないが、必ずしも不可能ではない。しかし、革命家であり続けることは極めて困難なことである」という言葉を残しているんです。大抵が暴君になっていくと。子規がもっと生きていたら、その後革命家であり続けたか、というのは見たかったと思います。

**復本**　そうですよね。だから、そういう考えを持ったのが碧梧桐で、碧梧桐は俳句をどんどん革新していきますよね。彼は、子規が生きていたら絶対に自分は評価してもらえるんだというようなことを言っていて。そこに虚子が出てきて、そうじゃないんだというようなことになって、碧梧桐と虚子両極の俳句が生まれてくるわけです。子規が生きていたらというのはそれは本当に面白いんで、ひょっとしたら俳句じゃなくて、新体詩のほうへ行ったかもしれませんしね。いろんなことが考えられるのかなという気がします。どちらにしても子規は行動する人ですからね、ああなっちゃったから仕方が無かったんですけれども、病に犯されなかったら全く違った展開にはなっていたでしょうね。子規が健康であったら、また別種の文学作品を我々に残してくれたかもしれませんね。

**黛**　ゲバラが言っていることで一つ救われることが、先ほどの「しかし、革命家であり続けることは非常に難しい」の後に、「さらに言えば、革命者として純粋に死ぬことは、よりいっそう困難なことである」と言っています。そういう意味では、子規は革命家のまま死んでいったのではないかと思いますね。

## 子規の多面性

**黛**　子規は漢詩も新体詩も沢山作っています。特に十代の若い時に漢詩をやっていますよね。松山藩の藩校がそういう漢文教育に力を入れていたんですよね？

**復本**　藩校もそうですすし、おじいさんの大原観山も漢学者ですしね。それから碧梧桐のお父さん河東静溪《かわひがしせいけい》が漢詩の先生でしたからね。ですから、漱石と接点ができたというのは、やはり漢詩を通してということだと思いますね。『七草集』というのがあって、そこでも子規は漢文、漢詩を自在に操って作っているわけですけれども、それを見て漱石は「おっ」と思って。漱石はやはり漢詩には自信があったんでしょうけど、こんな漢詩を作る者がいるのかということで、それで子規と急激に接近していったということではないでしょうか。子規を見ていると漢籍に対する教養というものが「おやっ」と思うくらいに深くて広いんですよね。ですからそういうものを踏まえての作品というのは少なくない。そして、秋田の石井露月に対して子規が関心を持ったのも、露月が漢語を使うということだったんですよね。当時の人の中には全く漢籍、漢語の教養が無い人々もいるわけですけれども、漱石とか子規とか露月とかいう人達は、漢籍に非常に造詣が深いので、漢語を駆使しながら作品を作っていくということはあったでしょうね。
**黛**　表現することもそうなんですけれども、それだけ身についていると、考え方そのものも漢文的発想になりませんか？　武士の矜持というか…。
**復本**　それはまた別なのかもしれませんけれども、もちろん漢籍と関わりのある儒学ですよね。これは子規のマイナス面かもしれませんけれども、「士族意識」というのが非常に強くて、いろんなところで、当時の言葉で言えば「平民」と「士族」という考え方は出てくるんですよね。ただ、出てきつつも面白いのは、まどかさんの言葉を借りれば「革命的」と言ってもいいのかもしれませんけれども、子規自身が運動をした、常盤会宿舎あるいは常盤会の奨学金ですね。常盤会宿舎は松山の士族のために建てられたので士族以外の子弟はどんなに優秀でもあそこへ入ることはできなかった、また奨学金をもらうこともできなかった。しかし子規はそれはいかんと言って、庶民にもやはりそういった機会を与えなければならないというんで非常に熱心に運動をしているんです。だからその辺が、士族というプライドがありつつもそこへ安住してはいけないという反省がいつもあったんでしょうね。
**黛**　不折にしても、橘曙覧《たちばなのあけみ》についても賞賛しますよね。ああいう清貧に甘んじている人を好む傾向がありますね。判官贔屓《ほうがんびいき》というんでしょうか、上杉謙信と武田信玄を比較して、大方の人は謙信が好きだけど僕は信玄だとか言ったり。メジャーではなくマイナーな方を敢えて選ぶ。
**復本**　それはありますよね。それは芭蕉にも通じるところではありますね。

黛　全体的にそれは一本貫かれていると思いますね。

## 「インテリ」俳人の生みの親

復本　子規にとってというか日本の俳句にとって非常に大きなことは、インテリが俳句を作り出したということですよね。それまでは庶民しか俳句を作らなかったですし、もちろん武士なんかも作ったわけですけれども。子規の時代は、俳句はほとんどが庶民、あるいは正規の教育を受けていない人達がやっていた。それが、明治になって学制がきちんと整ってくる。だけど皆俳句に対して冷淡であったというのはそういうことだったんですね。東京帝国大学の学生、例えば、尾崎紅葉とかいるんですけれども俳句は片手間なんですよね。紅葉はやっぱり小説を書く。二葉亭四迷もそうですよね。やっぱりインテリというのは小説を書くもんだと。二葉亭なんて小説にしたって「文学は男子一生の仕事にあらず」ということを言うわけです。だけどインテリの子規は、必死になって俳句を研究したり、俳句を作るということをやった。これは子規の一番大きな業績の一つと言っていいかもしれません。ですから子規以後、いわゆる教育のある人々が俳句を作り始めた。これは子規が行った大きな開拓であったのではないかな。そうでなければ「熊さん・八っつぁん」のような人達によって「月並俳句」というものが面白おかしく作られていたんだけれども、それを大きく変えて、知的な人々にも十分に挑戦しうる文芸の器なんだということを身を持って立証していったのが子規だと思いますね。

**黛**　ここ（子規庵）に集ったのも、いわゆるインテリの人達ですよね。しかも子規は俳句だけではなくて、漢詩、新体詩、短歌、小説、随筆、あらゆることをやって、その中から俳句を選んだところに説得力があります。

**復本**　ええ。まあ選ばざるをえなかったというところもあったんでしょうけれどね。でもやっぱり自ら選んだというところもあるでしょうしね。それにやっぱり飽き足りなくなってきたから新体詩を作ったり、あるいは短歌を作ったり、そういうようなことを途中からしていった。短歌を作り始めて、伊藤左千夫とか長塚節とかいろんな違う才能豊かな人々にめぐり合うことができたということ、これも子規の幸せだったのではないかと思います。

**黛**　しかもそれぞれのジャンルに子規の志を継ぐ人がいた。育てているつもりは無かったのかもしれないですけど、伊藤左千夫、長塚節、夏目漱石…そういう人がいたということも子規の大きさを表す一つだと思います。

**復本**　ええ。そしてさらにそこから、斎藤茂吉、あるいは土屋文明なんかがでてくるわけですからね。それは先程まどかさんが言われた子規の「カリスマ性」というか、本当にそういうことなんですね。何が子規をそのようにしたかということは不思議なことではあるけれども。子規と直接接していた人達からすれば子規の魅力でしょうし、接しない人達はその魅力を子規のお弟子さん達から聞いて、また魅力を感じたり、あるいは子規の残した文章ですよね。これは我々研究者の責任でもあるんですけれども、子規の俳句でも短歌でも、いまひとつ皆さんになじみが少ない。これをもっともっと、子規という人を今後いろんな形で、まどかさんなんかに参加していただいて分かりやすい形で子規の魅力、子規の俳句、短歌、新体詩、漢詩の魅力を伝えていく必要があるのではないかなと思っておりますけれどもね。

**黛**　子規は、ちょっと、難しい感じがしますよね。

**復本**　しますね。

**黛**　世界が広いですしね。

**復本**　大きな人ですよね。

## 俳句は二つに分かれる

**復本**　満年齢三十四歳で、あれだけの子規全集、二十数巻の子規全集が出来上がるというのは素晴らしいですよね。もう天才。だから、芭蕉でも子規でも、あまりになじみ易くなっていますが…。やっぱり大天才ですよね。私はこの間も神奈川大学の高校生俳句大賞の時にもお話したんですけれども、まどかさん、そして金子兜太先生、宇多喜代子さん、大串章さん、長谷川櫂さんといった選考委員の方々がいらっしゃるんですけれども、やっぱりこういう方々は、恵まれた才能を持った人達なんだろうなと、つくづくと。僕は、若い頃そう思わなかったんですよ。俳句なんてそのうちにやればできるだろうと（笑）。

**黛**　（笑）

**復本**　「俳句なんか…」みたいに思っていたんですけれども（笑）。最近はやっぱり、歳をとって、多少自分が俳句を作り、また勉強をしたこととも関係あるんでしょうけれども、毎年あそこ（高校生俳句大賞選考委員の壇上）へ上るたびに、とみに「ああこの人達は才能に恵まれた素晴らしい人達なんだな」という思いを強くしますね。それと、これはちょっと蛇足になるんですけれども、俳句って、資質に恵まれた人達が作る俳句と、僕も方々で教えていますけれども、趣味で作る俳句というのとは分かれると思うんですね。趣味で俳句を作るということは僕は素晴らしいことだと思うんですね。世界に無いと思うんです。隣のおばさんも作っている、隣のおじさんも作っている。だけど、それと同時に、プロの俳人の方達というか、文学者としての俳人の方達は自分の作品により磨きをかけていただきたいな、と、私など才能がないから、つくづくとそう思いますね。

**黛**　その境目が無くなってきています。

**復本**　そうですね、だからやや悪口を言えば、主宰の人達にしても、この人はどっち側の人かしらという方もいますしね。

**黛**　そうですね。だから「第二芸術論」などが出てくるのでしょうけれど。

**復本**　日本の人々が全員詩人になる、それはそれで素晴らしいことです。だけど、やっぱり選ばれた人達っていると思うんですよ。そういう人達は「選ばれた栄光我にあり」ということをしっかりと確認しつつ、素晴らしい作品を見せていただきたいなという思いもあるんですよ。

**黛**　媒体が増え、俳人の仕事も多様化しています。忙殺されがちな今の時代だからこそ、第一義としての俳句を自覚していかないといけないですよね。

**復本**　まどかさんなんか本当にお忙しくていらっしゃって、いろんなことをされなければいけない。だけどやっぱり今言われたように、「俳句を作って何ぼのもの」ですよね。

**黛**　そうですね。

**復本**　素晴らしい俳句を生み出してこそ、やっぱり「黛まどか」なんですから。一流の俳人の方達全てに言えることなんですけれども。残っていくのは作品ですものね。

## のちの世に残る愛唱句を

**復本**　例えば、これは飯田龍太さんなんかも言われたんですが「俳句は無名性の文学でいいんだ、無名性の文学でいいんだけれども作品は残るんだ」と。だから、これはどこの誰が作ったか知らないけれども、人々に愛唱される句、ふっと口ずさまれるような句が、百年二百年残っていくというのは素晴らしいことですからね。

**黛**　本当にそうですよね。「柿くへば鐘が鳴るなり法隆寺」が誰の句か知らなくても、句はみんな知っていますからね。

**復本**　ええ、そうですよ。

**黛**　子規はあの句を作っている時に、奈良と柿をまさか配合できるとは思わなかったと言っているんですよね。だけど今や、「奈良っていえば柿でしょ」(笑)。その位の力を持っていますよね。

**復本**　「いかにも奈良の風景だよね」という。もう完全に俳句が一人歩きしています。

**黛**　柿そのものが俳句の素材になりにくいものでしたからね。

**復本**　歯磨粉の句もそうですが、子規は常に挑戦していました。

**黛**　ええ、その辺がやはり素晴らしいですよね。

**復本**　その中で残るものは残り、消えるものは消えてゆく。でも、一句、二句残れば、すごいことですよね。

**黛**　すごいことですよ、本当にね。百年、二百年、三百年の後に、人々が愛唱する句をどれくらい残せるか、それはまどかさんなんかにとって夢ですよ。

**復本**　しかも名前が消えているってロマンじゃないですか。究極の夢ですよ。名前なんてどうでもいいんですよ。

**黛**　そうですよね、やっぱり作品ですよね。文学者の幸せってそうですよね。特に短詩型文学の人達にとって。短歌でも俳句でも、そうですよね。作品が一人歩きして、みんなに愛唱されるって素晴らしいことです。詩でもそうですよね、短い詩であれば、作者なんかどこかへ行ってしまうんですけどね。だから「おもちゃのチャチャチャ」なんかそうでしょ？　野坂昭如さんが作ったことなんか誰も知らない（笑）。だけどあの童謡は素敵な童謡ですから。これからもずっと歌い続けられるでしょうし。そういう文学って素敵ですよね。

**黛**　今日は、子規について貴重なお話をうかがって、ここ（子規庵）で、こんな風に最後にエールを送っていただいたというのは、まさに〝出会い〟です。より俳句に専心しようと、思いを新たにしました。

**復本**　本日はありがとうございました。

# あとがき

平成二十九年（二〇一七）は、慶応三年（一八六七）九月十七日（陽暦では、十月十四日）生まれの正岡子規の生誕百五十年となる。――そんなことをコールサック社代表鈴木比佐雄さんにお話しすると、わが社で是非、子規の本をと言われる。比佐雄さんは、私が代表を務めている超結社の実験的俳句集団「鬼」の会の正会員でもある。そこで、目下「鬼」の会報に毎月連載している子規に関しての「発見と報告」的エッセイでもよろしいかとお尋ねすると、それでよろしいと言われる。それでは、とお願いして、ここに誕生せんとしているのが本書である。

私としては、村上霽月《むらかみせいげつ》の文章の中に見出《い》だした明治二十八年（一八九五）の子規の新出三句の報告にかかわるエッセイを巻頭に、との希望を出したのであるが、比佐雄さんは快諾、「巻頭随筆」なる名目で掲出して下さった。子規研究者の私としては、嬉しいことであった。霽月の文章は、子規没後百ヶ日に発行されている「ホトトギス」第六巻第四号（「子規追悼集」）に収録されており、大いに注目すべき資料と思われるが、なぜか、今日まで見落とされていたものである。

比佐雄さんは、私がすっかり失念していた旧稿までも探し出してきて下さり、かつ既刊本の中から読書子の読んで面白そうなものを加えて、一書としての体裁を整えて下さった。この編集作業に途中から参加されたのが、鈴木光影さんと、井上雪子さん。光影さんは比佐雄さんの令息であり、コールサック社の編集スタッフ。雪子さんは「鬼」会の誌友であり、私の高等学校（神奈川県立横浜翠嵐高等学校）の後輩でもある。花眼も手伝い、校正に不安のあった私は、比佐雄さんにお願いして、校正スタッフとして参加させていただいたのであったが、途中から編集にも参加、光影さんと二人で本書の構成にも積極的に参加して下さったようである。『子規庵・千客万来』なる、子規が大喜びしそうな書名を考えて下さったのも、若いお二人である。比佐雄さんはもちろんのこと、若いお二人に心より御礼申し上げたい。

本書に対する、私のもう一つの希望は、「人名索引」と「俳句・短歌索引」を付することであった。この索引作りにも光影さん、雪子さんが尽力下さった。これによって本書が、使い勝手のよい「子規小百科」のようなものになったのではと思っている。

そして、これは、まだこれからのことなのであるが、若き畏友黛まどかさんと根岸の子規庵で対談し、それを巻末に付することになっている。まどかさんは、私の所属大学である神奈川大学が催している「全国高校生俳句大賞」の選考委員のお一人として、平成二十二年（二〇一〇）以来、親しく御交誼いただいている。俳句という文芸を世界に向って発信しておられる代表的なお一人。思想堅固。私が信頼している俳人である。そのまどかさんが、子規についてどのようなお考えをお話しになられるのか、今からわくわくしながら、その日を待っている。まどかさんとの対談が、本書に花を添えて下さるであろうことを確信している。

最後になってしまったが、まどかさんとの対談の場所、根岸の子規庵をご提供下さった一般財団法人子規庵保存会の代表理事田浦徹氏に心より御礼申し上げたい。

本書は、私の中では珍しく多くの方々の共同作業的な方法で誕生した。今は、一人でも多くの方々に手に取っていただけることを念ずるばかりである。

復本一郎

平成二十八年（二〇一六）四月　横浜無聊庵にて

## ま



## や

か

# 俳句・短歌索引

## あ

## ら



## わ

## は

さ

## か

# 人名索引

## あ

## 著者略歴

**復本一郎（ふくもと　いちろう）**

1943 年愛媛県宇和島市生まれ。

1972 年早稲田大学大学院文学研究科博士課程修了。文学博士。

1979 年静岡大学人文学部助教授のち教授（1989 年まで）。

1989 年神奈川大学経営学部教授（2009 年まで）。

現在、神奈川大学名誉教授。

俳号、鬼ヶ城。

専門は近世・近代俳論史。

主要著書に『余は､交際を好む者なり　正岡子規と十人の俳士』（岩波書店、2009）、『鬼貫句選･独ごと』（校注、岩波文庫、2010）、『俳句実践講義』（岩波現代文庫、2012）、『井月句集』（編注、岩波文庫、2012）､『子規とその時代』（三省堂､2012）､『歌よみ人 正岡子規』（岩波現代全書、2014）、『俳句と川柳』（講談社学術文庫、2014）、『江戸俳句百の笑い』（コールサック社、2014）、『芭蕉の言葉―『去来抄』〈先師評〉を読む 』（講談社学術文庫、2016）など。

公益財団法人神奈川文学振興会評議員。

実験的俳句集団「鬼」代表。

石炭袋

復本一郎『子規庵・千客万来』

2016年6月11日　初版発行
著　者　復本一郎
編　集　鈴木光影・井上雪子・鈴木比佐雄
発行者　鈴木比佐雄
発行所　株式会社 コールサック社
〒173-0004　東京都板橋区板橋2-63-4-209
電話 03-5944-3258　FAX 03-5944-3238
suzuki@coal-sack.com　http://www.coal-sack.com
郵便振替　00180-4-741802
印刷管理　（株）コールサック社　製作部

*装幀　杉山静香　　*写真　角南範子

落丁本・乱丁本はお取り替えいたします。
ISBN978-4-86435-248-2　C0095　￥1500E